Henry James

Die Aspern-Schriften

HENRY JAMES

Die Aspern-Schriften

Aus dem Englischen
neu übersetzt und mit einem
Nachwort versehen von
Bettina Blumenberg

triptychon

Bibliothek der Klassischen Moderne
Herausgegeben von Werner Schauer und Mark Mast

Titel der Originalausgabe
The Aspern Papers

Eine Edition des
triptychon literaturverlages

ISBN 3-935993-04-8

I

Ich hatte Mrs. Prest ins Vertrauen gezogen; ohne sie wäre ich wohl kaum einen Schritt vorangekommen, denn die wahrhaft erfolgversprechende Idee in der ganzen Angelegenheit stammte aus ihrem wohlwollenden Munde. Sie war es, die den zündenden Einfall hatte und den gordischen Knoten löste. Es soll ja für Frauen nicht gerade leicht sein, sich eine großzügige und freie Sicht der Dinge anzueignen, zumal solcher Dinge, die unbedingt erledigt werden müssen. Doch manchmal schütteln sie einen kühnen Plan – zu dem ein Mann sich niemals aufgeschwungen hätte – mit unvergleichlicher Gelassenheit aus dem Ärmel. »Bringen Sie sie ganz einfach dazu, Sie als Untermieter bei sich aufzunehmen« – ich glaube nicht, dass ich ohne ihre Hilfe auf solch eine Idee gekommen wäre. Ich schlich vielmehr wie die Katze um den heißen Brei, wollte besonders findig sein und zerbrach mir darüber den Kopf, mit welchen Winkelzügen ich ihre Bekanntschaft machen könnte, und da kam sie mit diesem trefflichen Vorschlag, dass der erste Schritt, mit ihnen Bekanntschaft zu schließen, sein müsste, zunächst ihr Mitbewohner zu werden. Was sie über die Damen Bordereau wusste, ging kaum über meinen Kenntnisstand hinaus, vielmehr hatte ich aus England ein paar eindeutige Fakten mitgebracht, die ihr neu waren. Jahrzehnte zuvor habe man den Namen der Damen mit einem der berühmtesten Namen des Jahrhunderts in Verbindung gebracht, und heute lebten sie zurückgezogen in Venedig, lebten von äußerst bescheidenen Mitteln, ohne je Besuch zu empfangen, und unnahbar in einem abgelegenen und halb verfallenen alten Palazzo: So lässt sich der Eindruck meiner Freundin von den Damen zusammenfassen. Sie selbst hatte sich vor anderthalb Jahrzehnten in Venedig niedergelassen und dort eine Menge Gutes getan; doch in den Kreis ihrer Wohltaten waren die beiden scheuen, rätselhaften und, wie man grundlos vermutete, kaum gesellschaftsfähigen Amerikanerinnen – von denen man annahm, sie hätten im Laufe ihres langen Exils alle nationalen Eigenarten eingebüßt, zumal sie, wie ihr Name erkennen ließ, auf eine eher weitläufige französische Abstammung zurückblickten – niemals aufgenommen worden, und ihrerseits hatten sie niemals um einen Gefallen gebeten und wünschten keine Aufmerksamkeit. In den ersten Jahren ihres Aufenthalts in Venedig hatte sie einen Versuch unternommen, mit den beiden Kontakt aufzunehmen, doch dies war ihr nur mit der Kleinen gelungen, wie meine Freundin die Nichte nannte; allerdings stellte ich etwas später fest, dass sie in Zentimetern die größere war. Mrs. Prest hatte erfahren, dass Miss Bordereau krank war, und da sie annahm, sie wäre bedürftig, war sie zu dem Haus gegangen, um ihre Hilfe anzubieten, damit sie sich keine Vorwürfe zu machen hätte, falls dort Leid herrschte, insbesondere amerikanisches Leid. Die »Kleine« hatte sie in der großen, aber kalten venezianischen *sala* mit ihrem verblichenen Glanz empfangen, in dem mit Marmorfußboden und einer düsteren Balkendecke ausgestatteten Empfangssaal des Hauses, und sie hatte ihr nicht einmal einen Platz angeboten. Das hörte sich für mich nicht sehr ermutigend an, der ich mich doch so schnell wie möglich niederlassen wollte, und in diesem Sinne äußerte ich mich gegenüber Mrs. Prest. Scharfsinnig gab sie mir zur Antwort: »Aber nein, da ist doch ein großer Unterschied: Ich ging dorthin, um einen Gefallen zu erweisen, und Sie wollen um einen bitten. Wenn die beiden stolz sind, dann sind Sie in der richtigen Position.« Dann bot sie mir an, mir zunächst einmal das Haus der Damen zu zeigen – mich in ihrer Gondel dorthin zu begleiten. Ich verriet ihr, dass ich es mir bereits ein halbes Dutzend mal angeschaut hätte; dennoch nahm ich ihr Angebot an, denn es schien mir verlockend, mich in der Nähe des Ortes aufzuhalten. Schon am Tag nach meiner Ankunft in Venedig war ich dorthin gefahren – jener Freund in England, dem ich zuverlässige Informationen darüber verdankte, dass die Papiere sich im Besitz der Damen befänden, hatte mir den Weg im Voraus beschrieben – und hatte das Gebäude mit Blicken belagert, während ich meinen Schlachtplan durchdachte. Jeffrey Aspern war, soweit ich wusste, niemals in dem Haus gewesen, doch ein ferner Nachhall seiner Stimme schien sich dort noch in der Luft zu halten wie eine allumfassende Vermutung, die im »sterbenden Fall« erlischt.

Mrs. Prest wusste nichts von den Papieren, interessierte sich aber für den Grund meiner Neugierde, wie sie immer an den Freuden und Leiden ihrer Freunde Anteil nahm. Als wir dann aber in ihre Gondel stiegen und unter dem Sonnendach nebeneinander dahinglitten, durch das Schiebefenster zu beiden Seiten das strahlende Venedig als gerahmtes Bild im Blick, erkannte ich, wie sehr mein Eifer sie belustigte und dass sie mein Interesse an meiner in Aussicht stehenden Beute für einen vorbildlichen Fall von Monomanie hielt. »Man könnte meinen, Sie erhofften sich davon die Antwort auf das Geheimnis des Universums«, sagte sie. Ich hatte dieser Anschuldigung nur entgegenzuhalten, dass ich für den Fall, ich hätte zwischen dieser so erstrebenswerten Lösung und einem Bündel mit Jeffrey Asperns Briefen zu wählen, sehr wohl wüsste, welches für mich der größere Segen wäre. Sie nahm sich sogar heraus, seine Begabung unbedeutend zu nennen, und ich gab mir keinerlei Mühe, ihn zu verteidigen. Seinen Gott verteidigt man nicht: Jemandes Gott ist eine Verteidigung an sich. Darüber hinaus steht er heute, nachdem er vergleichsweise lange ein Schattendasein geführt hat, ganz hoch und für alle Welt sichtbar an unserem literarischen Himmel; er ist ein Teil des Lichts, in dem wir uns bewegen. Zu ihr sagte ich nur, dass er sicherlich kein Dichter für Frauen gewesen sei; worauf sie recht treffend zurückgab, dass er es zumindest für Miss Bordereau gewesen sei. Für mich war es eine unglaubliche Überraschung gewesen, in England herauszufinden, dass sie noch am Leben war: Es war, als hätte man mir eröffnet, Mrs. Siddons lebte noch, oder Königin Caroline oder die berühmte Lady Hamilton, denn es war mir so vorgekommen, als gehörte sie einer solchen ausgestorbenen Generation an. »Aber sie muss doch unglaublich alt sein – mindestens hundert«, hatte ich erwidert. Doch als ich die vorhandenen Daten in Augenschein nahm, sah ich es nicht als zwingend geboten an, dass sie die übliche Lebensspanne schon weit überschritten haben müsste. Sicherlich befand sie sich in einem ehrwürdigen Alter, und ihre Beziehung mit Jeffrey Aspern hatte sich in einer Zeit abgespielt, als sie eine junge Frau war. »Damit entschuldigt sie sich«, sagte Mrs. Prest ein wenig gouvernantenhaft und doch auch mit dem Unterton, als wäre sie beschämt, Worte im Munde zu führen, die so gar nicht zur Tonlage Venedigs passen wollten. Als brauchte eine Frau eine Entschuldigung dafür, den göttlichen Dichter geliebt zu haben! Er war nicht nur einer der glänzendsten Köpfe seiner Zeit gewesen – und in jenen Jahren, als das Jahrhundert noch jung war, hatte es, wie jedermann weiß, viele davon gegeben –, sondern auch einer der seelenvollsten und einer der bestaussehenden Männer.

Die Nichte verfügte Mrs. Prest zufolge über ein weniger ehrwürdiges Alter, und es wurde die Vermutung geäußert, dass sie eher eine Großnichte war. Durchaus möglich; ich hatte nichts weiter zur Verfügung als das äußerst begrenzte Wissen aus der Hand meines englischen Freundes John Cumnor, eines ebenso leidenschaftlichen Aspern-Verehrers wie ich, der die beiden Frauen nie zu Gesicht bekommen hatte. Die Welt hatte, wie ich zu sagen pflege, Jeffrey Aspern anerkannt, aber Cumnor und ich hatten ihn zutiefst erkannt. Heute strömt die Menge zu seinem Tempel, aber Cumnor und ich haben uns als Priester dieses Tempels berufen gefühlt. Wir halten uns zu Recht, wie ich meine, zugute, dass wir mehr für sein Andenken getan haben als jeder andere, und das einfach dadurch, dass wir Licht in sein Leben gebracht haben. Er hatte nichts von uns zu befürchten, weil er nichts von der Wahrheit zu befürchten hatte, die zu ergründen, aus einem solchen zeitlichen Abstand heraus, unser einziges Interesse sein konnte. Sein früher Tod war der einzige dunkle Fleck auf seinem Ruhm, so darf man sagen, es sei denn, die Schriften in Miss Bordereaus Besitz sollten widersinnigerweise etwas anderes ans Licht bringen. Um 1825 wurde die Vermutung geäußert, dass er »sie schlecht behandelt« habe, genauso wie ein Gerücht umging, er habe mehrere andere Damen auf dieselbe meisterliche Weise, wie es im Londoner Volksmund heißt, »bedient«. Cumnor und ich hatten alles darangesetzt, jedem dieser Fälle nachzugehen, und es war uns jedes Mal gelungen, ihn mit bestem Gewissen von jedem Vorwurf der Anstößigkeit freizusprechen. Vielleicht beurteilte ich ihn nachsichtiger als mein Freund; auf jeden Fall wiegte ich mich in der Gewissheit, dass kein Mann unter den gegebenen Umständen einen aufrechteren Lebenswandel hätte führen können. Und diese Umstände waren fast immer schwierig und gefährlich. Die Hälfte der Frauen seiner Zeit hatte sich ihm, um es frei heraus zu sagen, an den Hals geworfen, und solange diese Tollheit wütete – zumal sie sich als sehr ansteckend erwies –, konnten Unfälle, manche davon schwer, nicht ausbleiben. Er war kein Dichter für Frauen, wie ich Mrs. Prest gegenüber angemerkt hatte, zumindest nicht in der späten Phase seines Ruhms; doch war die Situation eine ganz andere gewesen, als die Stimme des Mannes noch beim Vortrag seiner Verse zu hören war. Diese Stimme war, wie jeder bezeugen konnte, eine der verführerischsten, die man je gehört hatte. »Orpheus und die Mänaden!« hatte mein so und nicht anders vorausgesehenes Urteil gelautet, als ich zum ersten Mal in seiner Korrespondenz blätterte. Fast all diese Mänaden waren unvernünftig und viele von ihnen unerträglich. Es beeindruckte mich, dass er freundlicher und zuvorkommender gewesen war, als es mir an seiner Stelle – sofern ich mir eine solche Lebenslage für mich überhaupt vorstellen konnte – je möglich gewesen wäre.

Es war sicherlich an Seltsamkeit kaum noch zu überbieten, aber ich möchte hier keinen Raum verschwenden, um eine Erklärung dafür zu finden, dass die einzige lebende Informationsquelle, die bis in unsere Zeit überdauert hatte, von uns unbeachtet geblieben war, während wir es bei all den anderen Beziehungen und allen anderen Richtungen unserer Forschung nur mit Fantomen und Staub zu tun hatten, lediglich mit Schall und Rauch. Asperns sämtliche Zeitgenossen hatten, davon waren wir überzeugt, inzwischen das Zeitliche gesegnet; es war uns nicht vergönnt, in ein einziges Augenpaar zu blicken, in das auch seine Augen geblickt hatten, oder einen indirekten Kontakt in einer gealterten Hand zu spüren, die seine Hand einst berührt hatte. Am totesten von allen war uns die arme Miss Bordereau erschienen, und doch war sie die Einzige, die noch am Leben war. Im Laufe der Monate gingen wir bis zur Erschöpfung der Frage nach, die uns selbst befremdete, warum wir sie nicht schon früher ausfindig gemacht hatten, und das Fazit unserer Erklärung lautete, dass sie sich so still verhalten hatte. Die gute Dame dürfte gewichtige Gründe dafür gehabt haben. Aber es war eine bestürzende Erkenntnis für uns, dass Selbstauslöschung in einem solchen Ausmaß in der zweiten Hälfte des neunzehnten Jahrhunderts möglich gewesen war – im Zeitalter von Tageszeitungen, Telegrammen, Fotografien und Reportagen. Sie hatte sich nicht einmal große Mühe damit gegeben – hatte sich nicht in einem verborgenen Schlupfloch vergraben, sondern sich mutig in einer Stadt niedergelassen, wo die Selbstdarstellung regierte. Ein offensichtliches Geheimnis ihres Sicherheitsgefühls hatte darin bestanden, dass Venedig so zahlreiche sehr viel größere Sehenswürdigkeiten beherbergte. Und dann war ihr auch der Zufall zu Hilfe gekommen, wie er sich zum Beispiel in der Tatsache zeigte, dass Mrs. Prest sie mir gegenüber niemals erwähnt hatte, obwohl ich fünf Jahre zuvor drei Wochen in Venedig verbracht hatte – unmittelbar zu Füßen der besagten Damen. Tatsächlich hatte meine Freundin ihren Namen auch anderen Leuten gegenüber kaum je erwähnt; sie schien vergessen zu haben, dass die andere überhaupt noch existierte. Verständlicherweise verfügte Mrs. Prest nicht über das Feingefühl eines literarischen Herausgebers. Indes konnte es auch nicht als Erklärung gelten, dass die alte Frau unserer Aufmerksamkeit entgangen war, wenn wir sagten, dass sie im Ausland lebte, denn unsere Nachforschungen hatten uns immer und immer wieder – nicht nur durch Korrespondenz, sondern auch durch persönliche Nachfragen – nach Frankreich, Deutschland und Italien geführt, in jene Länder, in denen Aspern, abgesehen von seinem folgenreichen Aufenthalt in England, so viele der allzu wenigen Jahre seiner Karriere verbracht hatte. Am Ende konnten wir uns glücklich schätzen, dass wir in all unseren Veröffentlichungen – mittlerweile ist wohl manch einer der Meinung, wir hätten des Guten zuviel getan – die Verbindung mit Miss Bordereau nur am Rande und auf die diskreteste Weise gestreift haben. Seltsam zu sagen, doch selbst wenn wir das Material zur Verfügung gehabt hätten – und wir haben uns häufig gefragt, was wohl damit geschehen sein mochte –, hätte uns die Behandlung dieser Episode die allergrößten Schwierigkeiten bereitet.

Die Gondel hielt an, vor uns lag der alte Palazzo. Es war ein Haus von jener Sorte, die in Venedig selbst im Zustand äußersten Verfalls noch den ehrwürdigen Namen trägt. »Wie hinreißend! Er ist grau und rosa!« rief meine Begleiterin aus; und das ist die umfassendste Beschreibung, die man von dem Gebäude geben kann. Es war nicht besonders alt, vielleicht zwei oder drei Jahrhunderte; und es vermittelte nicht so sehr den Eindruck von Verfall als vielmehr von stiller Resignation, als hätte es seine eigentliche Bestimmung verfehlt. Doch seine breite Fassade mit dem steinernen Balkon, der von einem Ende des *piano nobile*, der Etage mit den Empfangsräumen, zum anderen reichte, wirkte durch die Verzierung mit verschiedenen Pilastern und Bögen durchaus architektonisch gestaltet; und die Stukkaturen, mit denen die Zwischenräume vor langer Zeit versehen worden waren, schimmerten rosig im Licht des Aprilnachmittags. Das Haus erhob sich über einem sauberen, melancholisch dahinfließenden, geradezu einsam wirkenden Kanal, an dem zu beiden Seiten eine schmale *riva*, ein bequemer Fußweg verlief. »Ich weiß nicht warum, schließlich gibt es hier keine Backsteingiebel«, sagte Mrs. Prest, »aber diese Gegend ist mir immer eher holländisch als italienisch vorgekommen, sah mir mehr nach Amsterdam als nach Venedig aus. Es wirkt hier übertrieben sauber, aus welchem Grund auch immer; obwohl man hier zu Fuß entlang gehen kann, kommt fast nie jemand auf die Idee, dies zu tun. Es hat hier etwas so Abweisendes – bedenkt man seine Lage – wie ein protestantischer Sonntag. Vielleicht fürchten sich die Leute vor den Damen Bordereau. Offenbar hält man sie für Hexen.«

Ich habe vergessen, was ich darauf geantwortet habe – ich war zu sehr mit zwei anderen Überlegungen beschäftigt. Die erste drehte sich darum, dass die alte Dame in einem so großen und beeindruckenden Haus wohnte, dass sie wohl kaum unter Armut zu leiden hatte und folglich auch nicht mit dem Angebot verführt werden konnte, ein paar Zimmer zu vermieten. Ich teilte Mrs. Prest diese Befürchtung mit, und sie wusste darauf eine sehr plausible Antwort. »Würde sie nicht in einem so großen Haus leben, wie könnte man dann überhaupt auf die Idee kommen, bei ihr Räume mieten zu wollen? Hätte sie nicht mehr Raum als genug zur Verfügung, gäbe es für Sie keinen Grund, an sie heranzutreten. Übrigens beweist ein großes Haus hier, und schon gar in einem solchen *quartier perdu* wie diesem abgelegenen Stadtteil, überhaupt nichts: Es lässt sich perfekt mit einem Leben in Armut in Einklang bringen. Halb verfallene alte Palazzi sind schon für fünf Schilling im Jahr zu mieten, wenn man unbedingt nach so etwas Ausschau hält. Und was die Leute betrifft, die darin wohnen – aber nein, solange Sie die sozialen Zustände in Venedig nicht genauso gründlich erforscht haben wie ich, können Sie sich keine Vorstellung von der Trostlosigkeit ihrer Behausungen machen. Sie leben von nichts, denn sie haben nichts, wovon sie leben könnten.«

Der andere Gedanke, der mir in den Kopf gekommen war, hatte etwas mit einer hohen, kahlen Mauer zu tun, die offenbar auf der einen Seite des Hauses einen Teil des Grundstücks umschloss. Ich nenne sie kahl, doch sie war über und über mit Flickstellen bedeckt, wie sie einem Maler gefallen würden, mit ausgebesserten Rissen, abbröckelndem Putz, hervorstehenden Backsteinen, die durch Verwitterung hellrosa geworden waren; ein paar kümmerliche Bäume und das Gestänge von wackeligen Spalieren ragten über den Mauerrand hinaus. Dieses Stück Grund war offenbar ein Garten, der zu dem Haus gehörte. Plötzlich kam mir in den Sinn, dass genau diese Zugehörigkeit mir meinen Vorwand lieferte.

Ich saß neben Mrs. Prest und betrachtete all das (es war mit dem goldenen Glanz Venedigs überzogen) aus dem Schatten unserer überdachten Kabine heraus, und sie fragte mich, ob ich hineingehen wollte, während sie auf mich wartete, oder lieber ein anderes Mal wiederkommen wollte. Ich konnte mich nicht sofort entscheiden – womit ich zweifellos eine Schwäche zeigte. Ich wollte mich noch an dem Gedanken festhalten, dass man mir vielleicht doch Unterkunft gewähren würde, zugleich aber fürchtete ich einen Fehlschlag, und das würde bedeuten, wie ich meiner Begleiterin darlegte, dass ich keinen weiteren Pfeil mehr im Köcher hätte. »Warum keinen weiteren?« fragte sie, während ich noch immer unentschlossen dasaß und mir die Sache durch den Kopf gehen ließ; und sie wollte wissen, warum ich nicht jetzt gleich und noch bevor ich es auf mich nähme, bei den Damen Untermieter zu werden – was immerhin furchtbar unbequem werden könnte, selbst wenn ich Erfolg damit hätte –, eine ganz andere Möglichkeit ergriff und den Damen ganz einfach und ohne Umschweife eine Geldsumme anböte. Auf diese Weise würde ich vielleicht bekommen, was ich wollte, ohne mir schlaflose Nächte zu machen.

»Verehrteste«, rief ich aus, »entschuldigen Sie die Ungeduld in meinem Tonfall, wenn ich Ihnen unterstelle, dass Sie genau die Tatsache vergessen haben müssen – über die ich gewiss mit Ihnen gesprochen habe –, die mich bewogen hat, mich Ihrem Einfallsreichtum anzuvertrauen. Die alte Dame wünscht es nicht, dass man ihre Erinnerungsstücke und Zeugnisse der Vergangenheit auch nur erwähnt; sie sind persönlich, heikel, intim, und sie sieht die Welt noch mit anderen Augen, in ihrem gesegneten Alter! Wenn ich gleich zu Anfang einen solchen Ton anschlage, habe ich das Spiel von vornherein verloren. Ich kann nur an meine Beute gelangen, wenn ich ihr Misstrauen zerstreue, und ich kann ihr Misstrauen nur dadurch zerstreuen, dass ich geschickte Kunstgriffe anwende. Scheinheiligkeit, Doppelzüngigkeit sind meine einzige Chance. Es tut mir leid, aber es gibt keine Niederträchtigkeit, die ich nicht um Jeffrey Asperns willen begehen würde. Erst muss ich mit ihr Tee trinken – dann kann ich das eigentliche Problem anpacken.« Dann erzählte ich ihr, wie es John Cumnor ergangen war, nachdem er ihr in höchst respektvoller Weise geschrieben hatte. Seinen ersten Brief hatte man offenbar gar nicht zur Kenntnis genommen, und der zweite war in äußerst brüsker Form, in sechs Zeilen, von der Nichte beantwortet worden. »Miss Bordereau habe sie gebeten, ihm mitzuteilen, dass sie sich nicht vorstellen könne, was ihn dazu bewogen habe, sie zu belästigen. Sie verfüge über keinerlei ›literarische Hinterlassenschaften‹ von Mister Aspern, und wenn sich solche in ihrem Besitz befänden, würde es ihr im Traum nicht einfallen, diese irgendjemandem zu zeigen, aus welchem Grund auch immer. Sie habe keine Vorstellung, wovon er überhaupt spreche, und bitte darum, er möge sie in Ruhe lassen.« Auf keinen Fall wollte ich in dieser Weise behandelt werden.

»Mag sein«, sagte Mrs. Prest nach einer kurzen Pause und in herausforderndem Ton, »vielleicht haben sie wirklich nichts. Wenn sie es strikt abstreiten, woher wollen Sie es dann wissen?«

»John Cumnor weiß es genau, aber es würde viel Zeit in Anspruch nehmen, Ihnen zu erklären, wie er zu seiner Überzeugung oder seiner stark begründeten Vermutung – stark genug, um sich gegen die durchaus verständliche Schwindelei der alten Dame behaupten zu können – gekommen ist. Übrigens misst er dem im Brief der Nichte enthaltenen Beweis große Bedeutung zu.«

»Ein im Brief enthaltener Beweis?«

»Sie nennt ihn ›Mister Aspern‹.«

»Ich verstehe nicht, was das beweisen soll.«

»Es beweist Vertrautheit, und Vertrautheit lässt auf den Besitz von Erinnerungsstücken, von greifbaren Gegenständen schließen. Ich kann Ihnen gar nicht sagen, wie sehr mich dieses ›Mister‹ berührt – wie es die Kluft zwischen den Jahren überbrückt und mir unseren Helden näher bringt – und ebenso wenig, wie sehr es mein Verlangen verstärkt, Juliana persönlich zu begegnen. Sie würden auch nicht ›Mister‹ Shakespeare sagen.«

»Würde ich es denn tun, wenn ich eine Schachtel voller Briefe von ihm hätte?«

»Natürlich, wenn er ihr Liebhaber gewesen wäre und jemand diese Briefe haben wollte!« Und ich fügte hinzu, John Cumnor sei dermaßen überzeugt gewesen und durch Miss Bordereaus Tonfall nur umso überzeugter, dass er persönlich in dieser Angelegenheit nach Venedig gekommen wäre, hätte es nicht den Hinderungsgrund gegeben, dass er, um auch nur das geringste Vertrauen zu gewinnen, hätte abstreiten müssen, mit der Person identisch zu sein, die ihnen die Briefe geschrieben hatte, denn trotz Verstellung und Namensänderung würden die alten Damen sicherlich einen solchen Verdacht hegen. Sollten sie ihn unverblümt fragen, ob er nicht der von ihnen abgewiesene Briefschreiber sei, wäre es allzu unangenehm für ihn, lügen zu müssen; ich hingegen war zum Glück nicht in dieser Weise verstrickt. Ich war ein unbeschriebenes Blatt – ich konnte leugnen, ohne zu lügen.

»Sie werden aber einen falschen Namen annehmen müssen«, sagte Mrs. Prest. »Juliana lebt so abgeschottet von der Welt, wie man nur irgend leben kann, dennoch könnte sie von Mr. Asperns Herausgebern gehört haben. Vielleicht besitzt sie sogar die von Ihnen veröffentlichten Bände.«

»Das habe ich bedacht«, entgegnete ich; und ich zog eine Visitenkarte aus meiner Brieftasche, die elegant mit einem gut gewählten *nom de guerre* bedruckt war.

»Sie übertreiben wirklich – dadurch machen Sie die Sache noch verwerflicher. Sie hätten den Namen auch mit Bleistift oder Tinte schreiben können«, sagte meine Begleiterin.

»So wirkt es glaubwürdiger.«

»Sie haben wirklich den Mut, der Ihrer Neugier angemessen ist. Doch für Ihre Korrespondenz wird es sich als ungünstig erweisen; in dieser Maskierung wird man Ihnen Ihre Briefe nicht aushändigen.«

»Mein Bankier wird sie für mich in Empfang nehmen, und ich werde sie jeden Tag bei ihm abholen. Das verschafft mir ein wenig Bewegung.«

»Soll das Ihr einziger Ausgang sein?« fragte Mrs. Prest. »Werden Sie mich denn gar nicht besuchen?«

»Aber Sie werden doch Venedig während der heißen Monate verlassen, lange bevor sich irgendein Ergebnis abgezeichnet hat. Ich hingegen habe mich darauf eingestellt, den ganzen Sommer hier zu schmoren – genau wie später im Jenseits, werden Sie jetzt wohl sagen! In der Zwischenzeit wird mich John Cumnor mit Briefen bombardieren, die mit meinem falschen Namen beschriftet sind, per Adresse der *padrona*.«

»Sie wird seine Handschrift wiedererkennen«, gab meine Begleiterin zu bedenken.

»Auf dem Umschlag kann er sie verstellen.«

»Sie sind mir ein feines Paar! Ist es Ihnen noch nicht in den Sinn gekommen, dass Sie zwar sagen könnten, Sie seien nicht Mr. Cumnor, man Sie aber dennoch verdächtigen könnte, Sie seien in seinem Auftrag hier?«

»Aber ja, und ich sehe nur eine Möglichkeit, dieser Gefahr zu begegnen.«

»Und die wäre?«

Ich hielt einen Moment inne. »Der Nichte den Hof zu machen.«

»So, so«, rief meine Freundin aus, »warten Sie, bis Sie sie gesehen haben!«

II

Ich muss den Garten in Ordnung bringen – ich muss den Garten in Ordnung bringen«, sagte ich fünf Minuten später zu mir selbst, während ich oben in der langgestreckten, düsteren *sala* wartete, wo der nackte Steinfußboden matt in einem schmalen Lichtstrahl schimmerte, der durch die geschlossenen Fensterläden fiel. Der Raum war imposant, wirkte aber irgendwie kalt und abweisend. Mrs. Prest war in ihrer Gondel davongefahren, wollte mich aber in einer halben Stunde an einem nahe gelegenen Landesteg wieder abholen. Und ich war tatsächlich in das Haus eingelassen worden, nachdem ich den rostigen Klingelzug betätigt hatte, und zwar von einem kleinen, rotschopfigen und weißgesichtigen Dienstmädchen, das noch sehr jung und keineswegs hässlich war und klappernde Holzpantinen und ein zur Haube gebundenes Kopftuch trug. Sie hatte sich nicht damit begnügt, die Tür von oben mit Hilfe der üblichen Vorrichtung in Form eines knarrenden Flaschenzugs zu öffnen, obwohl sie zunächst von einem höher gelegenen Fenster auf mich herabgeschaut hatte und den misstrauischen Zuruf auf mich niedergelassen hatte, der in Italien jedem Akt des Einlassens vorausgeht. Ganz grundsätzlich ärgerte es mich, dass solche mittelalterlichen Sitten sich erhalten hatten, obwohl es mir als begeistertem, wenn auch höchst spezialisierten Antiquitätensammler eigentlich hätte gefallen sollen. Doch da ich mir fest vorgenommen hatte, mich von der Türschwelle an um jeden Preis gewinnend zu zeigen, nahm ich meine falsche Karte aus der Tasche und hielt sie ihr lächelnd entgegen, als wäre sie ein magisches Zeichen. Die Wirkung war tatsächlich entsprechend, denn es veranlasste sie, wie ich schon sagte, mir ganz bis nach unten entgegenzukommen. Ich bat sie, ihrer Herrin die Karte zu überbringen, auf die ich zuvor schon auf Italienisch die Worte geschrieben hatte: »Hätten Sie die Güte, einen Gentleman, einen Amerikaner auf Reisen, für einen kurzen Augenblick zu empfangen?« Die kleine Magd war nicht feindselig – vielleicht war damit schon etwas gewonnen. Sie errötete, sie lächelte und sah zugleich verschreckt wie auch erfreut aus. Ich konnte erkennen, dass mein Eintreffen eine große Sache war, dass Besuche in diesem Haus eine Seltenheit waren und sie ein Mensch war, der sich in einer lebhaften Umgebung wohl gefühlt hätte. Als sie die schwere Tür hinter mir ins Schloss fallen ließ, empfand ich die Gewissheit, meinen Fuß in der Festung zu haben, und ich nahm mir genauso fest vor, ihn dort zu belassen. Sie klapperte durch die feuchte, steinerne Eingangshalle, und ich ging hinter ihr her die steile Treppe – die mir noch steinerner vorkam – hinauf, ohne dass sie mich dazu aufgefordert hätte. Ich glaube, sie hatte eigentlich gemeint, ich sollte unten auf sie warten, aber das entsprach nicht meinen Vorstellungen, und so bezog ich meinen Posten im Empfangssaal. Am anderen Ende der weitläufigen *sala* entschwand sie in unergründliche

Regionen, und mit klopfendem Herzen, wie ich es aus dem Wartezimmer des Zahnarztes kannte, schaute ich mich in dem Raum um. Der Empfangssaal hatte eine düstere Grandezza, doch verdankte er seine vornehme Wirkung vor allem seinen stattlichen Ausmaßen und den kunstvoll gearbeiteten Türen, die in der Höhe Eingangsportalen glichen; zu beiden Längsseiten gliederten sie die Wand in regelmäßigen Abständen und führten zu den verschiedenen Räumen. Über den Türstürzen befanden sich gemalte Wappen, alt und verblasst, und an den Wänden zwischen diesen Türen hingen hier und dort braunstichige Gemälde, die ich sogleich für außerordentlich schlecht befand, und zudem steckten sie in abgestoßenen, glanzlos gewordenen Rahmen, die immer noch erstrebenswerter waren als die Bilder selbst. Abgesehen von mehreren Stühlen mit geflochtenen Strohsitzen, die mit der Lehne zur Wand standen, enthielt der dunkle, langgestreckte Saal kaum anderes, was seine Wirkung hätte steigern können. Offensichtlich wurde er nie benutzt, außer zum Hindurchgehen, und auch dafür nur sehr selten. Zu dem Zeitpunkt, als sich die Tür, durch die das Dienstmädchen entschwunden war, wieder öffnete, das sollte ich noch erwähnen, hatten sich meine Augen an den Lichtmangel bereits gewöhnt.

Nun hatte ich mit meinem stillen Stoßgebet keineswegs gemeint, dass ich mit eigenen Händen die Erde des verwilderten Gartenstücks, das unterhalb des Fensters lag, bearbeiten wollte, aber die Dame, die von der gegenüberliegenden Seite über den harten, schimmernden Boden auf mich zukam, hätte Grund gehabt, dies zu vermuten, denn als ich zur Begrüßung auf sie zulief, rief ich aus, bewusst auf Italienisch: »Der Garten, der Garten – verraten Sie mir doch, ob es der Ihre ist!«

Sie hielt jäh inne, schaute mich verwundert an und sagte dann auf Englisch in einem kühlen, aber bedauernden Ton: »Nichts hier gehört mir.«

»Oh, Sie sind Engländerin, wie wunderbar!« rief ich unbefangen aus. »Aber der Garten gehört doch sicherlich zum Haus.«

»Ja, aber das Haus gehört nicht mir.« Sie war eine hochgewachsene, schlanke, blasse Person, die offenbar in einen Morgenmantel in matten Farben gekleidet war, und sie sprach sanft und in einfachen Worten. Sie bot mir keinen Platz an, ebenso wenig wie sie – sofern sie die Nichte war – Mrs. Prest Jahre zuvor zum Platznehmen aufgefordert hatte, und so standen wir uns in dem prunkvollen Saal von Angesicht zu Angesicht gegenüber.

»Wären Sie dann wohl so freundlich, mir zu sagen, an wen ich mich wenden muss? Hoffentlich finden Sie mich nicht entsetzlich aufdringlich, aber wissen Sie, ich muss ganz einfach einen Garten haben, bei meiner Ehre, ich muss es!«

Ihr Gesicht war nicht jung, aber es wirkte offen; es hatte keine Frische, war aber klar. Sie hatte große Augen, die nicht glänzten, üppiges Haar, das nicht frisiert war, und lange, feingliedrige Hände, die – möglicherweise – nicht sauber waren. Fast krampfartig rang sie diese langen Glieder, und mit verwirrtem, tief bestürztem Blick brach es aus ihr heraus: »Ich bitte Sie, nehmen Sie ihn uns nicht weg, wir lieben ihn doch selbst so sehr!«

»Sie dürfen ihn also benutzen?«

»Aber ja. Wenn das nicht wäre … !« Und auf ihrem Gesicht erschien ein schwaches, unbestimmtes Lächeln.

»Ist das nicht ein wahrer Luxus? Und genau darum, weil ich vorhabe, ein paar Wochen in Venedig zu bleiben, vielleicht den ganzen Sommer über, und da ich literarische Arbeiten zu erledigen habe, viel lesen und schreiben will, wofür ich Ruhe benötige und doch, wenn möglich, viel Zeit an der frischen Luft verbringen sollte – eben darum kam mir ein Garten wirklich unverzichtbar vor. Ich darf Sie an Ihre eigenen Erfahrungen erinnern«, setzte ich hinzu und lächelte dabei so ungezwungen, wie ich nur konnte. »Dürfte ich nun einen Blick hineinwerfen?«

»Ich weiß nicht, ich verstehe das alles nicht«, murmelte die arme Frau, die reglos dastand und ihr Befremden – ziemlich hilflos, wie mir schien – mit meinem seltsamen Verhalten in Einklang zu bringen suchte.

»Ich wollte sagen, nur von einem dieser Fenster aus – sie sind ja so groß, Ihre Fenster hier –, wenn Sie gestatten, dass ich die Fensterläden öffne.« Und damit ging ich auf die rückwärtige Wand des Hauses zu. Auf halbem Wege blieb ich stehen und wartete, als glaubte ich, sie wolle mich begleiten. Der Situation entsprechend war ich recht abrupt gewesen, doch gleichzeitig war ich bemüht, ihr mit äußerster Höflichkeit zu begegnen. »In der ganzen Stadt habe ich mir möblierte Zimmer angeschaut, es scheint aber unmöglich zu sein, eines mit dazugehörigem Garten zu finden. Natürlich sind Gärten in einer Stadt wie Venedig selten. Es ist, wenn Sie so wollen, lächerlich für einen Mann, aber ohne Blumen kann ich nicht leben.«

»Dort unten gibt es so gut wie gar keine.« Sie kam auf mich zu, als hätte ich sie, obwohl sie mir misstraute, an einem unsichtbaren Faden gezogen. Ich setzte meinen Weg fort, und sie ging mit mir, während sie weitersprach: »Ein paar haben wir, aber es sind ganz gewöhnliche. Es ist zu teuer, sie zu ziehen; dafür braucht man jemanden, der einem hilft.«

»Könnte ich nicht dieser Helfer sein?« fragte ich. »Ich würde ohne Lohn arbeiten, oder besser noch, ich würde einen Gärtner anstellen. Sie sollen die herrlichsten Blumen von Venedig bekommen.«

Sie erhob Einspruch mit einem leisen, zittrigen Ton, der genauso gut eine Äußerung von Begeisterung über meine leicht dahingeworfenen Vorstellungen gewesen sein könnte. Dann rang sie nach Atem und stieß hervor: »Wir kennen Sie nicht – wir kennen Sie doch gar nicht.«

»Sie kennen mich genauso gut, wie ich Sie kenne; oder sogar viel besser, denn Sie kennen meinen Namen. Und wenn Sie Engländerin sind, dann bin ich im Grunde Ihr Landsmann.«

»Wir sind keine Engländerinnen«, sagte meine Begleiterin und sah mir interessiert und ergeben zu, wie ich die Sonnenblende vor einem Flügel des breiten, hohen Fensters aufstieß.

»Sie sprechen ein so schönes Englisch, darf ich Sie fragen, woher Sie stammen?« Von oben sah der Garten tatsächlich verkommen aus, doch ich spürte auf den ersten Blick, dass eine Menge Möglichkeiten in ihm steckten. Sie antwortete nicht auf meine Frage, so verloren war sie in ihrer Verwirrung und Zurückhaltung, und so rief ich aus: »Sie wollen doch nicht sagen, dass

Sie auch Amerikanerin sind?«

»Ich weiß es nicht. Wir waren es einmal.«

»Waren? Das hat sich doch sicher nicht geändert?«

»Es liegt schon so viele Jahre zurück. Wir scheinen jetzt gar nichts mehr zu sein.«

»Leben Sie schon seit so vielen Jahren hier? Nun, das wundert mich nicht; es ist ein wunderbares altes Haus. Ich nehme an, Sie alle benutzen den Garten«, fuhr ich fort, »aber ich versichere Ihnen, dass ich Ihnen nicht im Weg sein würde. Ich würde mich ganz still in einen Winkel zurückziehen.«

»Wir alle benutzen ihn?« wiederholte sie meine Worte in zögerndem Ton, trat aber nicht an das Fenster heran, sondern schaute hinab auf meine Schuhe. Offenbar traute sie mir zu, sie hinauszuwerfen.

»Ich meinte Ihre ganze Familie – so viele, wie dazugehören.«

»Außer mir gibt es nur eine weitere Person. Sie ist sehr alt. Sie geht niemals hinunter.«

Noch immer fühle ich den Schauder, der mich bei dieser direkten Erwähnung Julianas überlief; und trotzdem behielt ich einen kühlen Kopf. »Nur eine weitere Person in diesem Riesenhaus!« Ich tat so, als sei ich nicht nur erstaunt, sondern geradezu empört. »Verehrte Dame, dann müssten Sie doch Räume übrig haben!«

»Übrig?« wiederholte sie – als ginge es ihr um die reiche, ungewohnte Freude am gesprochenen Wort.

»Ja, Sie – zwei ruhige Damen, zumindest Sie sind ruhig, soweit ich sehe – bewohnen sicherlich nicht fünfzig Zimmer!« In mir machte sich Hoffnung und Freude breit, und ich stellte ihr die Frage ganz direkt:

»Könnten Sie mir nicht zwei oder drei davon gegen einen guten Mietzins überlassen? Das würde mir schon weiterhelfen.«

Ich hatte nun den Ton angeschlagen, der meinem Anliegen gerecht wurde, und ich muss nicht die ganze Melodie wiederholen, die ich ihr vortrug. Am Ende hatte ich meine Gastgeberin davon überzeugt, ein aufrichtiger Mensch zu sein, übernahm aber keinerlei Versuch, sie davon abzuhalten, mich für einen Exzentriker zu halten. Ich wies noch einmal darauf hin, dass ich meinen Studien nachzugehen beabsichtigte; dass ich Ruhe brauchte, dass ich mich nach einem Garten sehnte und vergeblich in der ganzen Stadt danach gesucht hätte; und dass ich dafür sorgen wollte, dass noch vor Ablauf eines Monats das schöne alte Haus geradezu in Blumen schwimmen sollte. Die Blumen waren es wohl letztlich, denen ich meinen Sieg verdankte, denn später fand ich heraus, dass Miss Tina – so lautete der Name dieser hochgewachsenen, ängstlichen Jungfer, der mir etwas unpassend für sie erschien – einen unstillbaren Hunger nach ihnen hatte. Wenn ich mein Vorgehen als erfolgreich bezeichne, so meine ich damit, dass sie mir vor meinem Abschied versprochen hatte, die Frage ihrer Tante vorzutragen. Ich bat sie, mich darüber aufzuklären, wer ihre Tante sei, und sie antwortete mit einem Anflug von Erstaunen »Miss Bordereau natürlich!«, als hätte ich das wissen müssen. Solche Widersprüche waren für Miss Tina typisch, wie ich später herausfand, und sie trugen dazu bei, sie auf recht amüsante Weise unberechenbar und interessant zu machen. Die beiden Damen hatten alles darangesetzt, so zu leben, dass die

Welt keinen Grund hatte, über sie zu reden oder ihnen zu nahe zu kommen, und dennoch hatten sie die Vorstellung, dass sie von ihnen keine Notiz nehmen könnte, niemals ganz akzeptiert. Zumindest bei Miss Tina war eine dankbare Empfänglichkeit für menschliche Kontakte noch nicht ganz erstorben, und in begrenztem Maße würde ein Kontakt zustande kommen, sollte ich tatsächlich zu ihnen ins Haus ziehen.

»So etwas haben wir noch nie gemacht; wir haben noch nie einen Untermieter oder sonstige Hausgenossen gehabt.« Was dies betraf, legte sie Wert darauf, es mich wissen zu lassen. »Wir sind sehr arm, wir leben sehr dürftig – beinahe von nichts. Die Zimmer sind völlig kahl – zumindest diejenigen, die für Sie in Frage kämen; dort steht überhaupt nichts drin. Ich weiß nicht, wie Sie dort schlafen, wie sie essen sollten.«

»Mit Ihrem Einverständnis könnte ich leicht ein Bett und ein paar Tische und Stühle hineinstellen. *C'est la moindre des choses*, das wäre das geringste Problem, eine Angelegenheit von ein, zwei Stunden. Ich kenne einen kleinen Händler, von dem ich für ein paar Münzen die Dinge leihen kann, die ich fürs Erste bräuchte und gern hätte; mein Gondoliere kann die Dinge in seinem Boot herbeischaffen. In diesem großen Haus verfügen Sie gewiss über eine zweite Küche, und mein Diener, der ein bewundernswert geschickter Bursche ist« – diese Figur war im selben Augenblick meiner Fantasie entsprungen – »könnte mir dort problemlos einen Imbiss zubereiten. Meine Vorlieben und Gewohnheiten sind von der einfachsten Sorte; ich lebe von Blumen!« Und dann erlaubte ich mir die Bemerkung, dass sie, wenn sie doch so arm seien, umso mehr Grund hätten, mir die Zimmer zu vermieten. Sie wären keine guten Wirtschafterinnen – noch nie hätte ich von einer solchen materiellen Verschwendung gehört.

Ich erkannte sofort, dass noch nie jemand in einer solchen Weise mit der guten Dame gesprochen hatte – mit einer humorvollen Entschlossenheit, die Mitgefühl nicht ausschloss, die vielmehr darauf gegründet war. Sie hätte mir ohne weiteres sagen können, dass sie mein Mitgefühl als unverschämt empfände, doch glücklicherweise kam ihr das nicht in den Sinn. Ich verließ sie in dem Einvernehmen, dass sie die Frage ihrer Tante unterbreiten wollte und ich am nächsten Tage wiederkommen sollte, um mir ihre Entscheidung anzuhören.

»Die Tante wird ablehnen; die ganze Sache wird ihr äußerst fragwürdig vorkommen!« erklärte Mrs. Prest, nachdem ich kurz darauf wieder in ihrer Gondel Platz genommen hatte. Erst hatte sie mir die Idee in den Kopf gesetzt, und nun – so wenig kann man sich auf die Frauen verlassen – schien sie die Sache für aussichtslos zu halten. Ihr Pessimismus forderte mich heraus, und ich tat so, als hätte ich allen Grund zur Hoffnung. Ich ging sogar so weit, prahlerisch zu behaupten, dass alles für einen erfolgreichen Ausgang spräche. Darauf entfuhr es Mrs. Prest: »Ach so, ich verstehe, was in Ihrem Kopf vorgeht! Sie bilden sich ein, Sie hätten innerhalb von fünf Minuten einen so tiefen Eindruck auf die Frau gemacht, dass sie Ihre Wiederkehr herbeisehnt und Sie sich darauf verlassen können, dass sie die Alte schon rumkriegen wird. Wenn Sie tatsächlich dort Einlass finden, werden Sie es sich als Sieg anrechnen.«

Ich rechnete es mir tatsächlich als Erfolg an, aber – in letzter Konsequenz – nur für den Herausgeber des Werkes, nicht für den Mann, für den persönliche Eroberungen nicht zu seinen Gepflogenheiten gehörten. Als ich am folgenden Tag wieder vorsprach, führte mich das kleine Dienstmädchen auf dem direktesten Weg durch den langen Empfangssaal, der sich wie beim ersten Mal in ganzer Länge vor mir auftat, diesmal jedoch heller war, was ich für ein gutes Omen hielt – und geleitete mich in den Wohnraum, aus dem die Dame, die mich bei meinem ersten Besuch am Vortag empfangen hatte, herausgetreten war. Bei der Erinnerung verspüre ich heute fast das gleiche Herzklopfen wie damals, als sich die Tür hinter mir schloss und mir nach und nach bewusst wurde, dass ich tatsächlich jener Juliana aus Asperns gelungensten und bekanntesten Gedichten gegenüberstand. Später gewöhnte ich mich an sie, doch niemals völlig; als sie aber dort vor mir saß, schlug mein Herz so heftig, als hätte sich das Wunder der Auferstehung gerade vor meinen Augen ereignet. Ihre Gegenwart schien die seine auf unerklärliche Weise mit einzuschließen und zum Ausdruck zu bringen, und ich fühlte mich ihm in diesem ersten Augenblick, da ich sie sah, näher, als ich es je gewesen war oder mich seither je wieder fühlte. Ja, ich erinnere mich an meine Empfindungen und in welcher Reihenfolge sie auftraten, sogar an ein seltsames leichtes Erbeben, das mich befiel, als ich bemerkte, dass die Nichte nicht anwesend war. Mit ihr hatte ich am Vortag ausreichend Bekanntschaft geschlossen, doch es überstieg beinahe meinen Mut, sosehr ich dieses Ereignis auch herbeigesehnt hatte – mit einer so respektgebietenden Zeugin der Vergangenheit wie der Tante alleingelassen zu werden. Sie war zu fremdartig, zu wiedererweckend, ja buchstäblich eine Auferstehung. Doch dann bekam ich einen Dämpfer, als ich wahrnahm, dass wir uns nicht wirklich von Angesicht zu Angesicht gegenüberstanden, da sie zum Schutz ihrer Augen einen scheußlichen grünen Schirm trug, der ihr fast als Maskierung diente. Im ersten Augenblick dachte ich, sie hätte ihn absichtlich aufgesetzt, damit sie mich darunter ausgiebig mustern könnte, ohne mir den Blick auf sich zu ermöglichen. Gleichzeitig erweckte der Schirm bei mir den Eindruck, dahinter lauere ein schauerlicher Totenkopf. Die göttliche Juliana als grinsender Totenschädel – die Vision schwebte mir lange vor Augen. Dann fiel mir ein, dass sie tatsächlich unglaublich alt war – so alt, dass der Tod sie jeden Augenblick dahinraffen konnte, bevor ich die Zeit gehabt hätte, mein Ziel zu erreichen. Der nächste Gedanke bedeutete eine Korrektur des ersten; er ließ die Situation leichter erscheinen. Mochte sie nächste Woche sterben, mochte sie morgen sterben – dann konnte ich mich über ihre Besitztümer hermachen und ihre Schubladen durchwühlen. Derweil hatte sie dort gesessen und sich weder geregt, noch ein Wort gesprochen. Sie war winzig klein und eingesunken, saß nach vorne gebeugt mit den Händen im Schoß. Sie war ganz in Schwarz gekleidet, und ihr Kopf war in ein Stück alter schwarzer Spitze gehüllt, aus dem kein Haar herausschaute.

Da meine Gefühlswallung mich stumm machte, sprach sie zuerst, und was sie zu sagen hatte, kam völlig unerwartet.

III

»Unser Haus liegt weit vom Stadtzentrum entfernt, aber der kleine Kanal ist ganz *comme il faut*.«

»Es ist die reizvollste Ecke Venedigs, und ich kann mir nichts Bezauberndereres vorstellen«, antwortete ich ohne Verzögerung. Die Stimme der alten Dame klang dünn und schwach, hatte aber eine angenehme, kultivierte Tonlage, und die Vorstellung, dass dieser besondere Tonfall in Jeffrey Asperns Ohren gedrungen sein sollte, hatte etwas Wunderbares.

»Nehmen Sie doch bitte dort Platz. Ich höre sehr gut«, sagte sie leise, als hätte ich gerade zu laut gesprochen; und der Stuhl, auf den sie wies, stand recht weit entfernt. Ich nahm dort Platz und versicherte ihr, dass ich mir sehr wohl bewusst sei, hier unvermittelt eingedrungen zu sein, ohne ihr angemessen vorgestellt worden zu sein, sodass ich jetzt nur auf ihre Nachsicht hoffen könne. Vielleicht habe die andere Dame, diejenige, der zu begegnen ich am Vortag die Ehre hatte, ihr dargelegt, was es mit dem Garten auf sich habe. Dieser sei der eigentliche Grund, der mir den Mut verliehen habe, einen so ungewöhnlichen Schritt zu vollziehen. Ich hätte mich auf den ersten Blick in die gesamte Örtlichkeit verguckt – sie ihrerseits sei möglicherweise so sehr daran gewöhnt, dass sie sich nicht vorstellen könne, welchen Eindruck das Ensemble auf einen Fremden machen könne – daher hätte ich es in jeder Hinsicht für wert befunden, das Risiko auf mich zu nehmen. Dürfte ich ihre Freundlichkeit, mich zu empfangen, als Zeichen dafür werten, dass ich in meiner Einschätzung nicht völlig fehl ginge? Es würde mich unendlich glücklich machen, wenn ich davon ausgehen dürfte. Ich könne ihr mein Ehrenwort geben, dass ich ein äußerst ehrenwerter, friedfertiger Mensch sei und sie beide mich als Mitbewohner des Palazzo, wenn ich so sagen dürfe, kaum bemerken würden. Ich würde mich allen Regeln und Beschränkungen fügen, sofern sie mir gestatteten, den Garten zu genießen. Darüber hinaus wäre es mir ein Vergnügen, ihr Referenzen und Garantien vorzulegen; sie stammten von den besten Adressen, aus Venedig und England wie auch aus Amerika.

Sie hörte mir schweigend zu, und ich fühlte ihren Blick mit großer Eindringlichkeit auf mir ruhen, obwohl ich nur den unteren Teil ihres bleichen, runzeligen Gesichts sehen konnte. Unabhängig von der Zerbrechlichkeit, die das hohe Alter mit sich bringt, war es von einer Zartheit, die früher einmal hinreißend gewesen sein muss. Sie dürfte einmal sehr hübsch gewesen sein, mit einem wundervollen Teint. Sie schwieg noch eine Weile, nachdem ich zu Ende gesprochen hatte; dann sagte sie: »Wenn Ihnen so viel an einem Garten liegt, warum gehen Sie dann nicht auf die *terraferma*, wo es so viele weit schönere Gärten als den unseren gibt?«

»Nein, nein, es ist die Kombination!« antwortete ich lächelnd; und in einem Anflug von Fantasierlust setzte ich hinzu: »Es ist die Vorstellung von einem Garten mitten im Meer.«

»Wir sind nicht mitten im Meer; Sie können das Wasser nicht einmal sehen.«

Ich starrte einen Moment ins Leere und fragte mich, ob sie mich der Täuschung überführen wollte. »Das Wasser nicht sehen? Ich bitte Sie, meine Dame, ich kann in meinem Boot bis vor Ihre Haustür fahren.«

Sie schien den Faden zu verlieren, denn ihre Antwort klang geistesabwesend: »Ja, wenn man ein Boot besitzt. Ich habe keins; es ist viele Jahre her, seit ich zuletzt in einer *gondola* gesessen habe.« Sie sprach diese Worte, als handelten sie von einem seltsamen Fahrzeug aus fernen Landen, das ihr nur vom Hörensagen bekannt war.

»Gestatten Sie mir, Ihnen zu versichern, mit welcher Freude ich Ihnen meine Gondel zur Verfügung stellen würde!« antwortete ich. Kaum hatte ich dies ausgesprochen, wurde mir bewusst, dass meine Äußerung einen zweifelhaften Beigeschmack hatte und mir auch insofern schaden konnte, als sie mich zu eifrig, zu besessen von einem verborgenen Motiv erscheinen ließ. Doch die alte Frau blieb undurchschaubar, und ihre Haltung beunruhigte mich, weil sie mir das Gefühl gab, dass sie eine umfassendere Sicht von meiner Person hatte als ich von der ihren. Sie bedankte sich nicht für mein leicht übertriebenes Angebot, sondern bemerkte stattdessen, dass die Dame, die ich am Tag zuvor kennen gelernt hatte, ihre Nichte sei; sie werde jeden Augenblick hereinkommen. Sie habe sie ausdrücklich gebeten, sich noch eine Weile fernzuhalten – sie habe nämlich ihre Gründe, mich zuerst allein sehen zu wollen. Dann verfiel sie wieder in Schweigen, und ich grübelte über die ungenannten Gründe nach und fragte mich, was wohl als

Nächstes kommen mochte. Auch dachte ich darüber nach, ob ich es wagen sollte, ein paar wohl überlegte Worte zur Lobpreisung ihrer Gefährtin zu sagen. Schließlich äußerte ich immerhin so viel, dass ich entzückt wäre, unsere abwesende Freundin wiederzusehen: Sie habe mir gegenüber so viel Geduld gezeigt, wenn man bedenke, wie befremdlich ich ihr erschienen sein müsse – eine Äußerung, die Miss Bordereau veranlasste, eine weitere wunderliche Bemerkung von sich zu geben.

»Sie hat sehr gute Manieren; ich habe sie selbst großgezogen!« Ich war schon drauf und dran zu sagen, das erkläre die taktvolle Art der Nichte, doch konnte ich mich gerade noch zurückhalten, und im selben Augenblick fuhr die alte Dame fort: »Es ist mir gleich, wer Sie sind – ich will es gar nicht wissen; heutzutage bedeutet es nur wenig.« Es klang ganz so, als sollte es die Einleitung zur Verabschiedung sein, als würden ihre nächsten Worte lauten, dass ich mich nun auf den Weg machen könne, da sie das Vergnügen gehabt habe, einem solchen Ungeheuer der Zudringlichkeit ins Gesicht zu schauen. Darum war ich umso überraschter, als sie in ihrer sanften, Ehrfurcht gebietenden, aber leicht zitternden Stimme anfügte: »Sie können so viele Zimmer haben, wie Sie wünschen – wenn Sie mir dafür einen anständigen Preis bezahlen.«

Ich zögerte nur einen Augenblick, lange genug, um abzuwägen, was sie mit dieser Bedingung gemeint haben könnte. Zuerst ging mir durch den Kopf, dass sie tatsächlich an eine große Summe gedacht haben müsse; dann überlegte ich schnell, dass ihre Vorstellung von einer großen Summe wahrscheinlich nicht mit meinen

Vorstellungen übereinstimmte. Meine Überlegungen dürften nicht so raumgreifend gewesen sein, dass sie die Schnelligkeit meiner Antwort beeinträchtigt hätten. »Die will ich gern bezahlen«, sagte ich prompt, »und natürlich im Voraus, wie viel immer Ihnen dafür angemessen erscheint.«

»Ich dachte an tausend Franken im Monat«, antwortete sie unverzüglich, wobei der störende grüne Schirm weiterhin ihren Gesichtsaudruck verdeckte.

Der Betrag war umwerfend, wie man so sagt, und meine Logik war völlig fehlgegangen. Die von ihr genannte Summe war nach venezianischen Verhältnissen bei solchen Anlässen übermäßig hoch; es gab eine Menge alter Palazzi an abgelegenen Ecken der Stadt, die ich zu solchen Bedingungen ein ganzes Jahr lang hätte genießen können. Doch soweit meine Mittel es erlaubten, war ich bereit, Geld auszugeben, und so war meine Entscheidung schnell gefasst. Mit lachender Miene würde ich ihr bezahlen, was sie verlangte, doch in dem Fall würde ich es dadurch ausgleichen, dass ich mir meine »Beute« umsonst verschaffte. Und selbst wenn sie das Fünffache verlangt hätte, wäre ich darauf eingegangen, denn nichts wäre mir verhasster gewesen, als mit Asperns Juliana ins Feilschen zu geraten. Es war schon unangenehm genug, überhaupt Geldfragen mit ihr besprechen zu müssen. Ich versicherte ihr, dass ihre Sichtweise völlig mit der meinen übereinstimme und ich am nächsten Tag das Vergnügen haben würde, ihr drei Monatsmieten auf die Hand zu geben. Diese Ankündigung nahm sie mit sichtlicher Genugtuung entgegen, doch schien bei ihr nicht der Gedanke aufzukommen, dass es nun an ihr wäre, mir anzubieten, zunächst einmal die Zimmer zu besichtigen. Dies kam ihr gar nicht in den Sinn, und mir war es das Wichtigste, sie in heiterer Verfassung zu sehen. Unser kleines Abkommen war soeben besiegelt, als sich die Tür öffnete und die jüngere Dame auf der Schwelle erschien. Kaum hatte Miss Bordereau ihre Nichte entdeckt, rief sie ihr fast fröhlich entgegen: »Er gibt uns dreitausend – dreitausend, morgen schon!«

Miss Tina blieb stehen und ließ ihre Augen ruhig vom einen zum anderen wandern; dann stieß sie fast tonlos hervor: »Sie meinen Franken?«

»Haben Sie Franken oder Dollar gemeint?« richtete die alte Dame die Frage an mich.

»Sie selbst haben von Franken gesprochen, nicht wahr?« sagte ich standhaft lächelnd.

»Das ist ausgezeichnet«, sagte Miss Tina, als sei ihr bewusst geworden, wie maßlos ihre Frage sich angehört haben musste.

»Was verstehst du denn davon? Du weißt doch gar nichts«, bemerkte Miss Bordereau, jedoch nicht mit Schärfe im Ton, sondern mit einer seltsam sanften Kälte.

»Nein, von Geld – davon verstehe ich sicherlich nichts!« räumte Miss Tina auf der Stelle ein.

»Ich bin sicher, Sie haben Ihre eigenen Bereiche, in denen Sie besondere Kenntnisse besitzen«, erlaubte ich mir, in freundlichem Ton einzuwerfen. Irgendwie lag für mich etwas Schmerzliches in diesem Gespräch, seit es die Wendung genommen hatte, von Dollars und Franken zu handeln.

»Als sie jung war, hat sie eine sehr gute Erziehung genossen. Ich habe mich selbst darum gekümmert«, sagte Miss Bordereau. Dann fügte sie hinzu: »Doch seither hat sie nichts dazugelernt.«

»Ich habe meine ganze Zeit mit Ihnen verbracht«, erwiderte Miss Tina in freundlichem Ton und mit einer Bestimmtheit, in der keine Spur von Bosheit lag.

»Das stimmt, und wäre es nicht so gewesen … !« erklärte ihre Tante mit unverhohlener ironischer Schärfe. Ganz offensichtlich wollte sie sagen, dass ihre Nichte, wenn es nicht so gewesen wäre, niemals im Leben zurechtgekommen wäre; zwar ging die tiefere Bedeutung dieser Bemerkung an Miss Tina vorbei, aber dennoch errötete sie, weil sie mit anhören musste, wie einem Fremden gegenüber etwas aus ihrer Lebensgeschichte enthüllt wurde. Miss Bordereau wandte sich wieder an mich und fuhr fort: »Um welche Zeit werden Sie morgen mit dem Geld kommen?«

»So früh wie möglich. Wenn es Ihnen genehm ist, komme ich mittags.«

»Ich bin immer hier, aber meine Zeit ist eingeteilt«, sagte die alte Dame, als passe ihr dieser Vorschlag nicht ins Konzept.

»Sie meinen bestimmte Zeiten, wann Sie Besuch empfangen?«

»Ich empfange niemals Besuch. Aber ich erwarte Sie um die Mittagszeit, wenn Sie mit dem Geld kommen.«

»Abgemacht, ich werde pünktlich sein.« Dann fügte ich hinzu: »Darf ich unseren Vertrag mit einem Handschlag besiegeln?« Ich fand eine gewisse Förmlichkeit am Platze; ich würde mich ganz einfach wohler fühlen, denn ich war sicher, es würde keine weiteren Formalitäten geben. Zudem empfand ich ein unwiderstehliches Bedürfnis, auch wenn Miss Bordereau heute nicht mehr anziehend genannt werden konnte und die Hinfälligkeit ihres hohen Alters sogar etwas an sich hatte, das einen gewissen Abstand zu ihr gebot, einen Moment lang die Hand in der meinen zu halten, die Jeffrey Aspern einst gedrückt hatte.

Eine Weile ließ sie mit der Antwort auf sich warten, und ich spürte, dass mein Vorschlag keinen Beifall bei ihr fand. Sie machte keine Anstalten, sich zurückzuziehen, was ich fast erwartet hatte; stattdessen sagte sie nur kühl: »Ich gehöre noch in eine Zeit, als so etwas nicht üblich war.«

Ich fühlte mich wie vor den Kopf gestoßen. Doch gut gelaunt rief ich zu Miss Tina hinüber: »Mit Ihnen geht es genauso gut!« Ich tauschte mit ihr einen Händedruck aus, und sie stimmte mit einem leichten Beben in der Stimme zu: »Aber natürlich, um zu zeigen, dass alles zwischen uns geregelt ist.«

»Bringen Sie den Betrag in Gold?« fragte Miss Bordereau, als ich mich zur Tür wandte. Ich sah sie einen Augenblick lang an. »Sind Sie nicht doch ein wenig ängstlich, eine so große Summe im Hause zu haben?« Ich sagte das nicht, weil ihre Habgier mich verstimmte, sondern weil ich mir wirklich Sorgen machte wegen der Diskrepanz zwischen einem solchen Schatz und der Unzulänglichkeit der Mittel, ihn sicher zu verwahren.

»Vor wem sollte ich mich fürchten, wenn ich mich schon vor Ihnen nicht fürchte?« fragte sie, so eingesunken, wie sie dasaß, gleichwohl mit Härte in der Stimme.

»Ich bitte Sie«, sagte ich lachend, »ich werde mich noch als Beschützer erweisen, und wenn Sie es vorziehen, dann bringe ich Gold.«

»Ich danke Ihnen«, entgegnete die alte Dame mit Würde und neigte dabei ihren Kopf, womit sie offensichtlich das Zeichen zu meiner Entlassung gab. Ich verließ den Raum, und mir ging dabei durch den Kopf, wie schwer es werden würde, sie zu überlisten. Als ich die Empfangshalle wieder erreicht hatte, bemerkte ich, dass Miss Tina mir gefolgt war, und ich nahm an, da ihre Tante es versäumt hatte, mir eine Besichtigung meiner zukünftigen Zimmer vorzuschlagen, dass sie das Versäumnis nun wieder gutmachen wollte. Doch sie bot mir nichts dergleichen an; sie stand nur da mit einem leichten, jedoch keineswegs matten Lächeln, und sie wirkte in ihrer Jugend so wenig verantwortlich, so wenig zuständig für alles, was geschah, und dennoch stand ihr Jungsein in einem fast lächerlichen Gegensatz zu ihrer tatsächlichen Erscheinung, die bereits etwas Verblühtes hatte. Sie war nicht gebrechlich wie ihre Tante, doch schien mir ihre Lebensuntüchtigkeit tiefgreifender, weil ihre Unfähigkeit in ihrem Inneren begründet lag, was bei Miss Bordereau nicht der Fall war. Ich wartete ab, ob sie mir anbieten würde, mir den Rest des Hauses zu zeigen, wollte die Frage aber nicht überstürzen, da ich mir vorgenommen hatte, von nun an so viel Zeit wie möglich in ihrer Gesellschaft zu verbringen. So ließ ich geraume Zeit verstreichen, bis ich mich ihr zuwandte.

»Ich hatte mehr Glück, als ich zu hoffen wagte. Es war sehr freundlich von ihr, mich zu empfangen. Vielleicht haben Sie ein gutes Wort für mich eingelegt.«

»Es war der Gedanke an das Geld«, sagte Miss Tina.

»Haben Sie sie auf die Idee gebracht?«

»Ich habe ihr gesagt, dass Sie wohl reichlich zahlen würden.«

»Wie sind Sie darauf gekommen?«

»Ich habe ihr gesagt, ich hielte Sie für reich.«

»Was hat Sie zu dieser Annahme verleitet?«

»Ich weiß nicht, vielleicht die Art, wie Sie gesprochen haben.«

»Meine Güte, dann muss ich von nun an anders sprechen«, erwiderte ich. »Leider muss ich Ihnen sagen, dass es sich nicht so verhält.«

»Na ja«, sagte Miss Tina, »mir scheint, dass die *forestieri* in Venedig ganz allgemein eine Menge Geld für Dinge ausgeben, die im Grunde nicht viel wert sind.« Offenbar wollte sie mir mit dieser Bemerkung etwas Tröstliches sagen, wollte mir klarmachen, dass ich, selbst wenn ich allzu verschwenderisch gewesen sein sollte, mit dieser Dummheit nicht allein dastände. Gemeinsam durchschritten wir den Saal, und während ich seine grandiosen Proportionen auf mich wirken ließ, bemerkte ich zu ihr, dass dieser Raum wohl kaum zu meinem Quartier gehören würde. Befänden sich meine Zimmer wohl zufällig unter denen, die in die *sala* mündeten? »Nicht, wenn Sie nach oben ziehen – in die zweite Etage«, antwortete sie, als hätte sie es für selbstverständlich gehalten, dass ich den mir zustehenden Platz kannte.

»Daraus folgere ich, dass Ihre Tante mich gern dort sähe.«

»Sie sagte, Ihre Wohnräume sollten deutlich von den unseren getrennt liegen.«

»Das wäre sicherlich am besten.« Ich hörte ihr aufmerksam zu, als sie mir erklärte, ich hätte alle Freiheit, mir oben die Zimmer nach meinem Belieben auszusuchen; außerdem gebe es dort ein weiteres Treppenhaus, doch erst von der Etage aus, auf der wir uns befänden, und um von dort in den Garten zu gelangen oder hinaufzugehen zu meinen Wohnräumen, müsste ich den großen Saal durchqueren. Damit hatte ich einen enormen Fortschritt erzielt; ich sah voraus, dass dies der entscheidende Punkt in meiner Beziehung zu den beiden Damen werden würde. Als ich Miss Tina fragte, wie ich es jetzt anstellen sollte, den Weg nach oben zu finden, antwortete sie mit einem Anflug jener durchaus freundlichen Schüchternheit, die ihrem Verhalten ständig eigen war:

»Das wird Ihnen wohl nicht gelingen. Ich glaube nicht, dass Sie sich zurechtfinden, es sei denn, ich ginge mit Ihnen.« Offenbar war sie vorher noch nicht auf den Gedanken gekommen.

Wir stiegen ins obere Stockwerk hinauf und besichtigten eine lange Flucht von leeren Zimmern. Die schönsten lagen zum Garten hinaus; von ein paar anderen ging der Blick über die gegenüberliegenden Ziegeldächer hinweg auf die blaue Lagune hinaus. Die Zimmer waren alle staubig und etwas heruntergekommen, da sich lange niemand um sie gekümmert hatte, aber ich sah sofort, dass ich durch die Aufwendung von ein paar hundert Franken durchaus in der Lage wäre, drei oder vier davon auf angenehme Weise bewohnbar zu machen.

Mein Experiment erwies sich zunehmend als kostspielig, aber jetzt, wo ich schon fast mein Ziel erreicht hatte, ließ ich keine Zweifel mehr in mir aufkommen. Ich zählte meiner Begleiterin ein paar der Gegenstände auf, die ich dort hineinstellen wollte, doch sie erwiderte recht hastig, hastiger als gewohnt, dass ich alles genau so machen könne, wie es mir beliebe: Dadurch wollte sie mich wohl wissen lassen, dass die beiden Damen Bordereau nur äußerst zurückhaltende Anteilnahme an meinen Vorhaben nehmen würden. Vermutlich hatte ihre Tante sie angewiesen, diesen Ton anzuschlagen, und heute kann ich sagen, dass ich erst später in der Lage war, genau zu unterscheiden (wie ich glaubte), welche Äußerungen sie aus eigenem Antrieb machte und welche die alte Dame ihr eingeflüstert hatte. Dass die Zimmer so verwahrlost waren, schien sie nicht weiter zu beachten, denn sie fühlte sich weder zu Erklärungen noch zu Entschuldigungen genötigt. Dies sei ein Zeichen dafür, sagte ich zu mir, dass Juliana und ihre Nichte – welch unerfreulicher Gedanke! – unordentlich wären, als hätten sie sich bereits italienische Gepflogenheiten zu eigen gemacht; später machte ich mir jedoch klar, dass ein Untermieter, der sich den Einzug erzwungen hatte, keinen *locus standi* als Kritiker besaß. Wir schauten durch etliche Fenster hinaus, denn im Inneren der Räume gab es nichts, was man hätte anschauen können, und ich wollte meinen Aufenthalt noch hinauszögern. Ich fragte sie nach allen möglichen Bauwerken, die in unserem Blickfeld lagen, doch schien sie in keinem Fall eine Antwort zu wissen. Ganz offensichtlich war sie mit diesem Ausblick nicht vertraut – es kam mir vor, als hätte sie seit Jahren hier nicht mehr hinausgeblickt – und gleich darauf spürte ich, dass sie zu sehr mit etwas anderem beschäftigt war, als dass sie ein Interesse hätte vorgeben können. Plötzlich sagte sie – und diese Bemerkung war ihr nicht in den Mund gelegt worden: »Ich weiß nicht, ob sich für Sie dadurch etwas ändert, aber das Geld ist für mich bestimmt.«

»Das Geld – ?«

»Das Geld, das Sie morgen bringen wollen.«

»Na wunderbar, dann sollte ich mir wohl wünschen, zwei oder drei Jahre hier zu bleiben!« Ich zeigte mich so wohlwollend, wie ich nur konnte, doch allmählich ging es mir auf die Nerven, dass diese beiden Frauen, die so eng mit Aspern verbunden waren, ständig wieder die Geldfrage aufs Tapet brachten.

»Das wäre sehr vorteilhaft für mich«, antwortete sie fast fröhlich.

»Sie packen mich bei meiner Ehre!«

Sie machte ein Gesicht, als hätte sie mich nicht verstanden, fuhr aber fort: »Sie möchte, dass es mir besser geht. Sie denkt, sie wird bald sterben.«

»Aber noch nicht so bald, hoffe ich!« rief ich mit ehrlicher Anteilnahme. Ich erachtete es als durchaus im Bereich des Möglichen, dass sie an dem Tag, da sie ihr Ende nahen fühlte, die in ihrem Besitz befindlichen Dokumente zerstören würde. Bis dahin würde sie sich an sie klammern, so glaubte ich, und ich war fest davon überzeugt, dass sie jede Nacht in Asperns Briefen las oder sie zumindest an ihre verwelkten Lippen presste. Was hätte ich darum gegeben, einen Blick auf dieses feierliche Ritual werfen zu dürfen. Ich fragte Miss Tina, ob ihre ehrwürdige Verwandte ernstlich krank sei, und sie antwortete mir, dass sie nur sehr müde sei – schließlich habe sie so außerordentlich lange gelebt. Das seien die Worte, die ihre Tante selbst gesagt habe – sie wolle sterben, um eine Abwechslung zu haben. Außerdem seien all ihre Freunde schon seit Jahren tot; entweder hätten die am Leben bleiben sollen oder sie hätte abtreten müssen. Und noch etwas sagte ihre Tante häufig: Sie habe sich überhaupt nicht abgefunden – soll heißen, sich nicht damit abgefunden zu leben.

»Aber Menschen sterben nun einmal nicht, wenn sie es für richtig halten, nicht wahr?« sagte Miss Tina halb fragend. Ich nahm mir die Freiheit, mich zu erkundigen, warum, wenn doch genug Geld vorhanden war, sie beide zu ernähren, nicht mehr als genug da sein sollte, falls sie, Miss Tina, allein zurückbliebe. Einen Moment lang dachte sie über dieses diffizile Problem nach und sagte dann: »Sie wissen doch, sie kümmert sich um mich. Sie denkt, wenn ich erst allein bin, werde ich mich wie eine Närrin anstellen und nicht wissen, wie ich zurecht kommen soll.«

»Ich hätte eher angenommen, dass Sie sich um Ihre Tante kümmern. Sie ist wohl mehr als stolz.«

»Haben Sie das auch schon herausgefunden?« rief Miss Tina mit einem Unterton freudiger Überraschung aus.

»Ich habe dort hinten eine ganze Zeit mit ihr allein verbracht, und sie hat einen tiefen Eindruck auf mich gemacht. Sie hat zutiefst mein Interesse geweckt. Ich habe nicht lange gebraucht, um dies herauszufinden. Sie wird nicht viel mit mir zu besprechen haben, solange ich hier wohne.«

»Nein, das glaube ich auch nicht«, stimmte meine Gesprächspartnerin mir zu.

»Haben Sie das Gefühl, dass sie mir misstraut?«

Miss Tinas ehrliche Augen gaben mir keinen Anhaltspunkt, dass ich ins Schwarze getroffen hätte. »Das kann ich mir nicht vorstellen – nachdem sie Ihnen den Zutritt doch so leicht gemacht hat.«

»Das nennen Sie leicht? Sie hat sich sehr gut abgesichert«, sagte ich. »Gibt es denn etwas, womit man sie übervorteilen könnte?«

»Selbst wenn ich es wüsste, würde ich es Ihnen nicht sagen, oder?« Noch bevor ich darauf antworten konnte, fügte Miss Tina schmerzlich lächelnd hinzu: »Glauben Sie, wir hätten irgendwelche wunden Punkte?«

»Genau darauf richtete sich meine Frage. Sie müssten sie mir nur nennen, dann könnte ich sie gewissenhaft respektieren.«

Daraufhin sah sie mich mit jenem Ausdruck schüchterner, aber zugleich offenherziger und sogar entgegenkommender Neugierde an, mit dem sie mir von Anfang an begegnet war; dann sagte sie: »Dazu gibt es nichts zu sagen. Wir leben unglaublich ruhig. Ich weiß nicht, wie die Tage herumgehen. Wir haben kein Leben.«

»Ich wünschte, es wäre mir erlaubt, Ihnen ein wenig zu bringen.«

»Ich bitte Sie, wir wissen, was wir wollen«, erwiderte sie. »Es hat so seine Ordnung.«

Tausend Dinge hätte ich sie gern gefragt: Wie um alles in der Welt sah denn ihr Leben aus; hatten sie überhaupt Freunde und erhielten sie Besuch, gab es Bekannte und Verwandte in Amerika oder in anderen

Ländern? Doch solch ein Ausfragen hielt ich für verfrüht; ich musste es auf eine spätere Gelegenheit verschieben. »Nun gut, dann seien wenigstens Sie nicht allzu stolz«, begnügte ich mich zu sagen. »Verstecken Sie sich nicht vor mir, nicht alle beide.«

»Ich muss bei meiner Tante bleiben«, erwiderte sie, ohne mich anzusehen. Und völlig unvermittelt, ohne irgendeine Geste des Abschieds, machte sie im selben Moment kehrt und verschwand, sodass ich mir den Weg nach unten allein suchen musste. Ich nahm mir noch ein Weilchen Zeit und schlenderte durch die hell erleuchteten, öden Räume des alten Hauses – mittlerweile schien die Sonne herein – und dachte noch an Ort und Stelle über die Situation nach. Nicht einmal die kleine Dienstmagd kam mit ihren klappernden Schritten herbei, um nach dem Rechten zu sehen, und ich sagte mir, dass ein solches Verhalten schließlich doch von Vertrauen zeugte.

IV

Vielleicht war es so, gleichwohl hatte ich sechs Wochen später, es ging auf Mitte Juni zu, zum Zeitpunkt, als Mrs. Prest ihre jährliche Abreise aus Venedig antrat, noch keine sichtbaren Fortschritte gemacht. Ich musste ihr gestehen, dass ich keine Ergebnisse vorzuweisen hatte. Mein erster Schritt war unerwartet schnell vonstatten gegangen, aber es gab keinerlei Anzeichen dafür, dass ein zweiter folgen sollte. Ich war noch meilenweit davon entfernt, mit meinen Wirtinnen Tee zu trinken – und es war doch genau das Privileg, das wir uns beide ausgemalt hatten, wie ich meiner geschätzten Freundin ins Gedächtnis rief. Sie warf mir mangelnde Kühnheit vor, und ich erwiderte darauf, dass man auch zum Kühnsein eine Gelegenheit brauche: Man könne sich zwar durch eine Lücke zwängen, doch eine feststehende Wand könne man nicht niederreißen. Sie gab zurück, dass die Bresche, die ich bereits geschlagen hätte, groß genug sei, um eine ganze Armee hindurchzulassen, und warf mir vor, kostbare Zeit mit Gewimmere in ihrem Salon zu vergeuden, während ich eigentlich den Kampf auf dem Schlachtfeld hätte fortführen sollen. Es stimmt, dass ich sie sehr häufig besuchte – immer in der Annahme, es würde mir Trost verschaffen (ich sprach freimütig über meine Schwierigkeiten), da ich meine

Vorhaben um jeden Preis zum Erfolg führen wollte. Doch ich spürte mehr und mehr, dass es mich nicht tröstete, ständig wegen meiner Skrupel aufgezogen zu werden, zumal ich doch in Wirklichkeit höchst wachsam war; so war ich im Grunde froh, als meine ironische Freundin ihr Stadthaus für den Sommer schloss. Sie hatte sich erhofft, an dem Drama meines Umgangs mit den Damen Bordereau interessante Unterhaltung zu finden, und war nun enttäuscht, dass der Umgang und folglich das Drama nicht eingetreten waren. »Die beiden werden Sie noch in den Ruin treiben«, sagte sie vor ihrer Abreise aus Venedig. »Sie werden Ihnen Ihr ganzes Geld abnehmen, ohne Ihnen auch nur einen Fetzen Papier zu zeigen.« Ich glaube, nach ihrer Abreise begab ich mich mit größerer Konzentration an meine Aufgabe.

Es entsprach den Tatsachen, dass ich bis zu diesem Zeitpunkt, abgesehen von einer einzigen kurzen Gelegenheit, nicht den geringsten Kontakt mit meinen seltsamen Wirtinnen gehabt hatte. Die Ausnahme war eingetreten, als ich ihnen meiner Zusage entsprechend die erschreckende Summe von dreitausend Franken überbrachte. Damals hatte ich Miss Tina in der Empfangshalle angetroffen, wo sie mich erwartete, und sie nahm das Geld so schnell aus meiner Hand entgegen, dass keine Zeit mehr blieb, ihre Tante zu sehen. Die alte Dame hatte versprochen, mich zu empfangen, hatte jedoch offenbar keine Bedenken, dieses Versprechen zu brechen. Das Geld befand sich in einem Beutel aus geschmeidigem Leder von beachtlicher Größe, den mein Bankier mir übergeben hatte, und Miss Tina musste kräftig zupacken, als sie ihn entgegennahm. Dies tat sie mit größter Feierlichkeit, wenngleich ich mich bemühte, die Sache ein wenig ins Scherzhafte zu ziehen. Es war jedoch keineswegs in scherzhafter Absicht, sondern vielmehr mit einer Klarheit, die schon fast an Munterkeit grenzte, als sie fragte, während sie das Geld in ihren Händen wog: »Glauben Sie nicht, dass es zuviel ist?« Worauf ich erwiderte, das hinge davon ab, wie viel Vergnügen ich dafür bekäme. Daraufhin wandte sie sich schnell von mir ab, wie sie es schon am Vortag gemacht hatte, und murmelte in einem Ton, der anders klang als alles, was sie bisher geäußert hatte: »Oh je, Vergnügen, Vergnügen – in diesem Haus gibt es kein Vergnügen!«

Danach sah ich sie lange Zeit nicht wieder und wunderte mich, dass die üblichen Gelegenheiten, die die Tagesabläufe mit sich brachten, nicht zu einer Begegnung geführt haben sollten. Dies konnte nur heißen, dass sie enorm auf der Hut war, jedes Zusammentreffen zu vermeiden; außerdem war das Haus so groß, dass wir darin für einander unauffindbar waren. Gewöhnlich hielt ich in froher Erwartung nach ihr Ausschau, wenn ich beim Kommen und Gehen den großen Saal durchquerte, wurde aber niemals auch nur mit einem flüchtigen Blick auf den Saum ihres Kleides belohnt. Es war, als würde sie niemals einen Schritt vor die Tür der Wohnung ihrer Tante tun. Ich fragte mich immer wieder, was sie dort wohl Woche für Woche und Jahr für Jahr machte. Ein so striktes Reglement der Abschirmung hatte ich noch nie kennen gelernt; es war mehr als ein sich still Verhalten – es war, wie wenn gejagte Tiere sich tot stellten. Die beiden Damen erhielten offenbar niemals Besuch und unterhielten keinerlei Kontakt mit der Außenwelt.

Zumindest ging ich davon aus, dass niemand in das Haus hätte gelangen können und Miss Tina es nicht hätte verlassen können, ohne dass ich etwas davon bemerkt hätte. Schließlich tat ich etwas, wofür ich mich selbst verachtete – was ich aber als einmaliges Vorkommnis betrachtete: Ich befragte meinen Diener nach den Gewohnheiten der Damen und gab ihm zu verstehen, dass ich an allem interessiert wäre, was er an Informationen für mich beschaffen könnte. Doch für einen durchtriebenen Venezianer brachte er erstaunlich wenig in Erfahrung: Allerdings muss man hinzufügen, dass dort, wo ständig gefastet wird, nur wenige Krumen zu Boden fallen. In anderen Hinsichten waren seine Fähigkeiten ausreichend, wenn auch nicht in allem, was ich ihm anlässlich meiner ersten Unterhaltung mit Miss Tina zugeschrieben hatte. Er hatte meinem Gondoliere geholfen, eine Bootsladung mit Möbeln herbeizuschaffen; und nachdem diese Gegenstände in das oberste Stockwerk des Palazzos hinaufgetragen und dort unseren gemeinsamen Vorstellungen entsprechend aufgestellt worden waren, führte er meinen Haushalt mit einer solchen Würde, wie man sie sich nur wünschen konnte angesichts der Tatsache, dass dieser Haushalt nur aus ihm bestand. Kurz gesagt, er machte es mir so bequem, wie ich es mit meinen ungewissen Aussichten nur haben konnte. Ich wäre froh gewesen, wenn er sich in Miss Bordereaus Dienstmädchen verliebt hätte oder, in Ermangelung eines solchen Gefühls, eine unwiderstehliche Abneigung gegen sie entwickelt hätte; beide Ereignisse hätten eine Katastrophe zur Folge gehabt, und eine Katastrophe hätte ein Gespräch herbeigeführt.

Ich hatte die Vorstellung, das Dienstmädchen hätte gern Geselligkeiten gehabt, denn bei mehreren Gelegenheiten hatte ich sie für häusliche Besorgungen hierhin und dorthin huschen sehen, sodass ich fest annahm, sie sei für eine Werbung zugänglich. Doch aus dieser Quelle sprudelte es nicht, sodass keine Gerüchte zu mir drangen. Erst später erfuhr ich, dass Pasquales Gefühle bereits fest auf ein Objekt gerichtet waren, warum er anderen Frauen keine Beachtung schenkte. Dies war eine junge Dame mit gepudertem Gesicht, im gelben Baumwollkleid und mit viel freier Zeit, die ihn häufig besuchen kam. Wenn es ihr beliebte, übte sie die Kunst des Auffädelns von Glasperlen aus – diese Art von Zierrat wird in Venedig in Hülle und Fülle hergestellt; sie hatte ihre Tasche voller Perlen, und häufig fand ich welche in meiner Wohnung auf dem Fußboden – und hielt ein Auge auf die mögliche Rivalin im Haus. Natürlich war es nicht meine Sache, den Hausangestellten Grund zum Tratsch zu geben, und daher sagte ich nie ein Wort zu Miss Bordereaus Köchin.

Ein Beweis für die Entschlossenheit der alten Dame, nichts mit mir zu tun haben zu wollen, lag für mich eindeutig darin, dass sie mir niemals eine Quittung für den Erhalt meiner drei Monatsmieten zukommen ließ. Mehrere Tage lang wartete ich darauf, doch nachdem ich die Hoffnung aufgegeben hatte, vergeudete ich eine Menge Zeit damit, mich zu fragen, warum sie wohl eine so unabdingbare und übliche Formalität unbeachtet ließ. Zuerst war ich in der Versuchung, sie durch eine schriftliche Note daran zu erinnern; doch dann nahm ich von dieser Idee wieder Abstand – gegen meine Überzeugung, was in einem solchen Fall angebracht gewesen wäre – und zwar, weil ich mich grundsätzlich ruhig verhalten wollte. Falls Miss Bordereau mich irgendwelcher Hintergedanken verdächtigte, würde sie mich weniger verdächtigen, wenn ich mich geschäftsmäßig verhielt, und dennoch entschloss ich mich, gerade das nicht zu tun. Möglicherweise hatte sie ihre Unterlassung absichtlich als Ungehörigkeit gedacht, als offensichtliche Ironie, um mir damit zu zeigen, wie sie Leute übervorteilen konnte, die sie zu übervorteilen versuchten. Wenn diese Vermutung zutraf, war es gut, ihr zu verstehen zu geben, dass man ihre kleinen Tricks nicht weiter beachtete. Wie ich später herausfand, lautete die richtige Erklärung für den Sachverhalt ganz einfach, dass die gute Dame die Tatsache herausstreichen wollte, dass ich in den Genuss eines Vorzugs gekommen war, der ebenso strikt in Grenzen gehalten wurde, wie er zuvor großzügig gewährt worden war. Sie hatte mir zwar einen Teil ihres Hauses überlassen, wollte dem aber nicht das kleinste Stück Papier mit ihrem Namen darauf hinzufügen. Dazu darf ich bemerken, dass mich dies selbst zu Beginn nicht allzu unglücklich machte, denn die ganze Situation hatte gerade durch ihre Merkwürdigkeit einen besonderen Reiz.

Ich sah voraus, dass ich einen Sommer vor mir hatte, der ganz meinem Literatenherzen entsprach, und mein Sinn für das Spiel mit meinen Möglichkeiten war trotz allem sehr viel ausgeprägter als mein Sinn dafür, dass man mit mir spielen könnte. Es konnte in Venedig keine Geschäfte geben, für die man nicht Geduld aufbringen musste, und da ich die Stadt so sehr liebte, war ich umso mehr in der Stimmung, sie zu genießen, als ich eine große Summe Geldes in sie investiert hatte. Diese Stimmung begleitete mich nun ständig und schien aus dem zum Leben erweckten, unsterblichen Gesicht des großen Dichters, der der Anstifter zu meinen Handlungen gewesen war, aus diesem Gesicht, das seinen strahlenden Genius verriet, auf mich herabzuschauen. Ich hatte ihn heraufbeschworen, und er war gekommen; die meiste Zeit sah ich ihn vor mir schweben. Es war, als wäre sein strahlender Geist zur Erde zurückgekehrt, um mir zu versichern, dass er die Angelegenheit ebenso als die seine wie als die meine betrachtete und wir sie brüderlich und zuversichtlich zu Ende führen sollten. Es war, als hätte er gesagt: »Mein lieber Freund, sei nachsichtig mit ihr; sie hatte ein paar nur allzu verständliche Vorurteile; gib ihr ein wenig Zeit. Wenn es dir auch seltsam erscheinen mag, doch 1820 war sie sehr anziehend. Indes, sind wir nicht gemeinsam in Venedig, und welcher Ort könnte für die Zusammenkunft von guten Freunden besser geeignet sein? Sieh nur, wie die Stadt mit dem herannahenden Sommer erstrahlt; wie der Himmel und das Wasser, die rosige Luft und der Marmor der Palazzi im Licht schimmern und alles miteinander verschmilzt.« Mein ausgefallener persönlicher Auftrag wurde Teil der allgemeinen romantischen Stimmung und der allgemeinen Pracht – ich empfand sogar eine mystische Verbundenheit, eine moralische Brüderlichkeit mit all denen, die in der Vergangenheit im Dienste der Kunst gestanden hatten. Sie waren für die Schönheit tätig gewesen, für eine Berufung; und was tat ich anderes? Diese Wesenszüge waren in allem, was

Jeffrey Aspern geschrieben hatte, gegenwärtig, und ich brachte sie nur ans Licht.

Wenn ich kam und ging, verweilte ich immer in der Empfangshalle; dort behielt ich die Tür im Auge – solange ich es für schicklich erachtete –, die zu Miss Bordereaus Teil des Hauses führte. Hätte mich jemand beobachtet, hätte er annehmen können, ich wollte das Gemäuer verzaubern oder unternähme ein seltsames Hypnoseexperiment. Stattdessen wünschte ich mir nur inständig, die Tür möge sich öffnen, oder dachte darüber nach, welche Schätze wohl dahinter verborgen lagen. Rückblickend kommt es mir eigentümlich vor, dass ich niemals auch nur einen Augenblick daran gezweifelt habe, dass die geheiligte Hinterlassenschaft sich dort befände; niemals hat mich das Bewusstsein der Freude verlassen, mit diesen Reliquien unter demselben Dach zu leben. Immerhin befanden sie sich in meiner Reichweite – noch waren sie mir nicht entgangen; in gewisser Weise machten sie mein Leben zu einer Fortsetzung des berühmten Lebens, das sie am anderen Ende berührt hatten. Ich ging so sehr in diesem befriedigenden Gefühl auf, dass ich in meinem stillschweigenden Überschwang sogar annahm, auch die gute Miss Tina ginge so weit zurück, ginge sogar noch weiter in die Vergangenheit zurück, wie ich es auszudrücken pflegte. Sicherlich tat sie es, die sanfte Jungfer, doch nicht bis hin zu Jeffrey Aspern, den sie lediglich vom Hörensagen kannte, genauso wie ich. Doch sie hatte jahrelang mit Juliana zusammengelebt, hatte alle Erinnerungsstücke gesehen und in der Hand gehalten, und etwas von dem nur Eingeweihten zugänglichen Wissen hatte – selbst wenn sie dumm war – auf sie abgefärbt. Eben das war es, was die alte Frau repräsentierte – geheimes Wissen. Diese Vorstellung war es, die mein anfälliges Herz in Verzückung versetzte. Es schlug häufig tatsächlich schneller, zum Beispiel abends, wenn ich mich nach meiner Rückkehr von einem Ausgang auf dem Weg nach oben in mein Bett befand, mit einer Kerze in der Hand, und in dem hallenden Empfangssaal stehen blieb. Es war, als lägen in einem solchen Augenblick, in der völligen Stille und nachdem der ganze lange Tag mit widersprüchlichen Empfindungen angefüllt gewesen war, Miss Bordereaus Geheimnisse in der Luft, als wäre das Wunder ihres Überlebens noch intensiver spürbar. Das waren die Eindrücke, die mich bedrängten. Sie überkamen mich in anderer Gestalt, mit einem deutlicheren Anstrich von Gegenseitigkeit, in jenen Stunden, wenn ich im Garten saß und über mein Buch hinweg auf die geschlossenen Fenster meiner Wirtin sah. Niemals zeigte sich in diesen Fenstern ein Lebenszeichen; es schien, als verbrächten die beiden Damen aus Furcht, ich könnte einen Blick von ihnen erhaschen, ihre Tage im Dunklen. Doch dies verstärkte nur den Eindruck, sie hätten etwas zu verbergen; genau das aber hatte ich beweisen wollen. Die unverändert geschlossenen Fensterläden wurden so vielsagend wie bewusst geschlossene Augen, und ich tröstete mich damit, dass die beiden, die selbst unsichtbar blieben, wahrscheinlich mich zwischen den Lamellen hindurch ständig im Blick behielten.

Ich bemühte mich, so viel Zeit wie möglich im Garten zu verbringen, um dem Bild zu entsprechen, das ich ursprünglich von meinem leidenschaftlichen Interesse am Gartenbau gezeichnet hatte. Und ich verbrachte nicht nur viel Zeit dort, sondern (zum Teufel damit! wie ich sagte) gab auch mein kostbares Geld dafür aus. Sobald ich meine Zimmer eingerichtet hatte und mich der Frage hinreichend widmen konnte, nahm ich das Stück Land mit einem erfahrenen Fachmann in Augenschein und beauftragte ihn, es in einen ordentlichen Zustand zu versetzen. Im Grunde bedauerte ich diesen Schritt, denn mir persönlich gefiel der Garten so, wie er war, mit seinem Unkraut und dem wild wuchernden Pflanzengewirr, seiner hinreißenden, typisch venezianischen Schäbigkeit viel besser. Ich musste jedoch meinem Versprechen treu bleiben, das Haus in einem Blumenmeer versinken zu lassen. Außerdem klammerte ich mich an die verführerische Vorstellung, dass ich mit Blumen mein Ziel erreichen könnte – mit großen Blumensträußen würde ich erfolgreich sein. Mit Lilien würde ich gegen die alten Damen anstürmen – mit Rosen würde ich ihre Festung bombardieren. Ihre Tür müsste dem Druck weichen, wenn eine Woge von Wohlgeruch dagegen anbrandete.

Tatsächlich war der Garten übel vernachlässigt worden. Die Fähigkeit der Venezianer, Zeit zu vertrödeln, ist unvergleichlich groß, und etliche Tage lang war eine unüberschaubare Unordnung alles, was mein Gärtner an geleisteter Arbeit vorzuweisen hatte. Überall wurden Löcher gegraben und Erde von hier nach dort gekarrt, und nach einer Weile wurde ich so ungeduldig, dass ich am liebsten nach dem nächsten Blumenstand geschickt hätte, um so die von mir gewünschten »Ergebnisse« zu erzielen. Doch ich war sicher, meine Freundinnen würden durch die Ritzen ihrer Fensterläden hindurch erkennen, woher solche Naturgaben zweifellos nicht stammen konnten, und das gäbe ihnen Grund, an meiner Wahrheitsliebe zu zweifeln. Ich hielt also meine Leidenschaft im Zaum, und endlich, wenn auch nach langer Wartezeit, entdeckte ich die ersten Anzeichen von Blüten. Das machte mir Mut, und recht gelassen wartete ich ab, bis daraus viele geworden waren. Mittlerweile hatte der richtige Hochsommer begonnen und ging bald wieder vorüber, und wenn ich auf diese Tage zurückblicke, erscheinen sie mir fast als die glücklichsten meines Lebens. Ich achtete mehr und mehr darauf, mich im Garten aufzuhalten, wenn es nicht allzu heiß war. Ich hatte eine Laube errichtet und einen niedrigen Tisch und einen Lehnstuhl hineingestellt; ich brachte Bücher und Mappen mit Dokumenten nach draußen – immer hatte ich irgendeine Schreibarbeit zu erledigen – und arbeitete, wartete, sinnierte und hoffte, während die goldenen Stunden verstrichen und die Pflanzen im Sonnenlicht badeten und der unergründliche alte Palazzo jegliche Farbe verlor und dann, wenn der Tag sich neigte, sich zu erholen begann und eine rosige Farbe annahm und meine Papiere in der leichten Brise, die von der Adria herüberwehte, raschelten.

Wenn ich bedenke, wie wenig Befriedigung ich zunächst daraus bezog, dann ist es doch verwunderlich, dass ich nicht stärker ermüdete bei dem Versuch herauszufinden, welche mystischen Rituale der Langeweile die beiden Damen Bordereau wohl in ihren abgedunkelten Räumen vollzogen; ob dies wohl immer der Tenor ihres Lebens gewesen war und wie sie in früheren Jahren Unstimmigkeiten mit ihren Nachbarn aus dem Weg gegangen waren. Vermutlich hatten sie damals andere Gewohnheiten, Umgangsformen und Mittel für ihren Lebensunterhalt gehabt; es stand auch zu vermuten, dass sie einst jung oder zumindest von mittlerem Alter gewesen sein müssen. Die Fragen, die man über sie stellen konnte, nahmen kein Ende, und auch die Antworten, die sich nicht einfach zusammenreimen ließen, hörten nicht auf. Ich hatte viele meiner Landsleute in Europa kennen gelernt und war daran gewöhnt zu sehen, welch seltsame Angewohnheiten sie dort nur allzu gern annahmen; aber die Damen Bordereau bildeten einen völlig neuen Typus von amerikanischen Auswanderern. Mir war klar, dass die Bezeichnung Amerikanerin für sie keineswegs mehr zutreffend war – das hatte ich in den zehn Minuten, die ich im Zimmer der alten Frau verbracht hatte, bereits erkannt. Nach der äußeren Erscheinung hätte man von keiner der beiden sagen können, woher sie stammte; woher immer das sein mochte, sie hatten schon vor langer Zeit alle typischen Merkmale und Eigenheiten abgelegt oder verlernt. Es war nichts an ihnen, was man wiedererkannte oder als passend empfand, und wenn man die Frage der Sprache einmal beiseite ließ, hätten sie ebenso gut Norwegerinnen oder Spanierinnen sein können. Miss Bordereau hatte immerhin nahezu ein dreiviertel Jahrhundert in Europa zugebracht; es ging aus mehreren Verszeilen hervor, die Aspern anlässlich seiner zweiten Auslandsreise von Amerika aus an sie gerichtet hatte – Verse, die Cumnor und ich nach endlosen Mutmaßungen schließlich einigermaßen sicher datieren konnten –, dass sie bereits damals, als ein junges Mädchen von zwanzig Jahren, auf der europäischen Seite des Ozeans gelebt hatte. Das Gedicht enthielt ein Bekenntnis – ich hoffe nicht nur um der schönen Worte willen –, dass er um ihretwillen zurückgekehrt sei. Wir hatten keine genauen Kenntnisse davon, unter welchen Umständen sie damals gelebt hatte, ebenso wenig wie von ihrer Herkunft, von der wir annahmen, es habe sich, wie man so sagt, um bescheidene Verhältnisse gehandelt. Cumnor vertrat die Theorie, dass sie Gouvernante in einer Familie gewesen sei, in welcher der Dichter verkehrte, und dass es aufgrund ihrer Position etwas Uneingestandenes, besser gesagt etwas Heimliches in ihrer Beziehung gegeben habe. Ich hingegen hatte mir eine kleine Liebesgeschichte zurechtgelegt, der zufolge sie die Tochter eines Künstlers, eines Malers oder Bildhauers, war, der die Neue Welt verlassen hatte, als das Jahrhundert gerade begonnen hatte, um die alten Kunsttraditionen kennenzulernen. Wesentlicher Bestandteil meiner Hypothese war es, dass dieser liebenswürdige Mann seine Frau verloren hatte, dass er arm und erfolglos war und eine zweite Tochter hatte, die sich in ihrem Temperament sichtlich von Juliana unterschied. Ebenso unerlässlich war es, dass er von den beiden jungen Damen nach Europa begleitet wurde und sich dort für den Rest seines mühseligen und trostlosen Lebens niederließ. Als weitere Annahme gehörte zu meiner Theorie, dass Miss Bordereau einen eigensinnigen und unbekümmerten, gleichwohl aber großzügigen und faszinierenden Charakter besessen habe und einige ungewöhnliche Herausforderungen zu bestehen hatte. Von welchen Leidenschaften war sie hingerissen worden, welche Abenteuer und Leiden hatten sie so verkümmern lassen, welchen Vorrat an Erinnerungen hatte sie für die eintönige Zukunft beiseite gelegt?

All diese Fragen stellte ich mir, als ich in meiner Laube saß und Theorien um ihre Person ausspann, während die Bienen in den Blumen summten. Unbestreitbar gingen, ob zu Recht oder zu Unrecht, die meisten Leser bestimmter Gedichte Asperns (Gedichte, die weniger vieldeutig – doch, wie ich glaube, kaum weniger göttlich – als die Sonette Shakespeares sind) davon aus, dass Juliana nicht immer dem steilen Pfad der Enthaltsamkeit gefolgt war. Ihren Namen umwehte ein Hauch von reueloser Leidenschaft, da gab es Andeutungen, dass sie sich nicht immer so verhalten habe, wie es sich für eine ehrbare junge Dame im Allgemeinen gehörte. War dies ein Zeichen dafür, dass ihr Dichter sie betrogen hatte, ihr, wie wir heute sagen, den Laufpass gegeben hatte? Sicherlich wäre es schwierig gewesen, den Finger auf die Stelle zu legen, an der ihr guter Ruf Schaden erlitten hatte. War nicht im Grunde jeder Ruf gut genug, um ein Überdauern verdient zu haben, zumal wenn er mit Werken verbunden war, die durch ihre Schönheit unsterblich waren? Zu meiner Vorstellung gehörte auch, dass die junge Dame vor ihrer Begegnung mit Jeffrey Aspern einen ausländischen Geliebten gehabt hatte, mit dem es wohl zu einem höchst unerfreulichen Bruch gekommen war. Sie hatte mit ihrem Vater und ihrer Schwester in einer kuriosen, altmodischen Künstlerbohème aus Exilanten gelebt, die noch in jener Zeit verhaftet war, als nur das Akademische als das ästhetisch Vollkommene galt und die Maler, die die geeignetsten Modelle für *contadina* und *pifferaio* kannten, spitze Hüte und lange Haare trugen. Es war eine Gesellschaft, die, anders als die heutigen Zirkel, kaum etwas von den wunderbaren Gelegenheiten, von den glücklichen Momenten der Frühaufsteher, die all ihre Wege bevölkerten, wusste und daher ihre Aufmerksamkeit weniger auf Fetzen alter Stoffe und Scherben alter Töpfereien richtete; insofern scheint Miss Bordereau nicht viele Gegenstände von Bedeutung zusammengetragen oder geerbt zu haben. In dem Zimmer, in dem meine Begegnung mit ihr stattgefunden hatte, stand kein beneidenswerter Nippes herum, dem eine aufregende Geschichte anhing, wie billig er erworben worden war. Ein solcher Mangel ließ auf Kargheit schließen, ließ sich aber aufs Glücklichste mit dem nostalgischen Interesse vereinbaren, das ich schon immer für jene frühe Bewegung bekundet hatte, die meine Landsleute als Besucher nach Europa gebracht hatte. Wenn Amerikaner um 1820 nach Übersee reisten, hatte das etwas Romantisches, geradezu Heroisches, verglichen mit dem ständigen Hin und Her der Passagierdampfer unserer Zeit, einer Epoche, in der die Fotografie und andere Annehmlichkeiten jede Art von Überraschung ausgelöscht haben. Miss Bordereau war in den Tagen langwieriger Reisen und harter Kontraste mit ihrer Familie auf einer schaukelnden Brigg gesegelt; sie hatte sich ihren schwankenden Empfindungen auf dem Sitz von gelben Postkutschen hingegeben, die Nächte in Gasthäusern verbracht, wo sie von Erzählungen anderer Reisender träumte, und war zutiefst überwältigt gewesen, als sie die Ewige Stadt mit ihrer Eleganz aus römischen Perlen, Seidentüchern und glitzernden Broschen zum ersten Mal betrat. Zunächst lag in all dem etwas Anrührendes, und häufig ging ich in meiner Fantasie in jene Zeit zurück. Wenn es schon Miss Bordereau gelang, mich so weit fortzutragen, hatte Jeffrey Aspern dies zu anderen Zeiten noch mit wesentlich stärkerer Wirkung getan. Bei ihm war es von weitaus größerer Bedeutung, wenn man sein Genie zu ergründen versuchte, dass er noch zu Zeiten gelebt hatte, bevor die allgemeine Vermischung der Kulturen begann. Manchmal empfand ich es sogar als bedauerlich, dass er Europa überhaupt kennengelernt hatte; ich hätte gern gewusst, was er wohl geschrieben hätte, wenn er diese Erfahrung, die ihn unbestreitbar bereichert hatte, nicht gemacht hätte. Da aber sein Schicksal anders verlaufen war, folgte ich seinen Wegen und versuchte zu beurteilen, wie die alte Ordnung der Welt ihn wohl beeindruckt haben mochte. Doch nicht nur in dieser Hinsicht beobachtete ich ihn. Die Beziehungen, die er zu seiner neuen Welt unterhielt, interessierten mich sogar noch lebhafter. Schließlich hatte er den größten Teil seines Lebens in seinem Heimatland verbracht, und seine Muse, wie man damals sagte, war in ihrem Wesen amerikanisch. Das war es ursprünglich gewesen, wofür ich ihn so hoch geschätzt hatte: dass er zu einer Zeit, als unser Herkunftsland nackt, roh und provinziell war, als keiner die berühmte »Atmosphäre«, die ihm angeblich fehlen sollte, nur im entferntesten vermisste, als die Literatur dort auf verlorenem Posten stand und Kunst und Gestaltung fast unmöglich waren, Mittel und Wege gefunden hatte, zu leben und zu schreiben wie einer der Ersten; frei und großzügig und völlig unerschrocken zu sein; alles zu empfinden, zu verstehen und zum Ausdruck zu bringen.

V

Die Abende verbrachte ich selten zu Hause, denn wenn ich mich in meinen Räumen zu beschäftigen versuchte, zog das Lampenlicht einen Schwarm lästiger Insekten an, und für geschlossene Fenster war es zu heiß. Daher verbrachte ich die Abendstunden entweder auf dem Wasser – der Mondschein in Venedig ist berühmt – oder auf dem grandiosen Platz, der der seltsamen alten Markuskirche als weitläufiger Vorhof dient. Ich saß vor dem Café Florian und aß Eis, lauschte der Musik und unterhielt mich mit irgendwelchen Bekanntschaften: Jeder Reisende wird sich erinnern, wie die vielen, dicht bei dicht stehenden Tische und kleinen Stühle sich wie ein Vorgebirge in den glatten See der Piazza hineinschieben. Der gesamte Platz wird an einem Sommerabend unter Sternen, mit all seinen Lichtern, all den Stimmen und dem Tappen leichter Schritte auf Marmor – dem einzigen Geräusch, das aus der umlaufenden Arkade dringt – zu einem Salon unter freiem Himmel, der für kühlende Getränke und einen noch erleseneren Genuss bestimmt ist, nämlich das Auskosten all der herrlichen Eindrücke, die man im Laufe des Tages in sich aufgenommen hat. Wenn ich es nicht vorzog, die meinen für mich zu behalten, fand sich immer ein allein umherstreifender Tourist, nun von seinem Baedeker befreit, mit dem ich mich darüber unterhalten konnte, oder ein hier ansässiger Maler, der die Wiederkehr der erfolgverheißenden Jahreszeit genoss. Die große Basilika mit ihren niedrigen Kuppeln und reichen Ausschmückungen, dem Mysterium ihrer Mosaike und Skulpturen, thronte geisterhaft in der milden Dämmerung, und die Meeresbrise wehte so sanft zwischen den Zwillingssäulen der Piazzetta, einer Türschwelle ohne Bewachung, hindurch, als bewegte sich dort ein herrlicher Vorhang im Wind. Manchmal, wenn ich dort saß, dachte ich an die Damen Bordereau und an das Elend, dass sie in ihrer Wohnung eingeschlossen lebten, die im venezianischen Juli selbst bei der in Venedig üblichen Weitläufigkeit nicht frei von Stickigkeit sein konnte. Ihr Leben schien mir meilenweit entfernt von dem Leben auf der Piazza, und wahrscheinlich war es einfach zu spät, die strenge Juliana zu einer Änderung ihrer Gewohnheiten zu bewegen. Die arme Miss Tina hingegen hätte ein Eis bei Florian bestimmt genossen; wiederholt hatte ich schon daran gedacht, ihr eines mit nach Hause zu bringen. Glücklicherweise trug meine Geduld Früchte, und ich musste mich nicht zu einer so lächerlichen Handlung versteigen.

Eines Abends Mitte Juli kam ich früher als üblich nach Hause – ich weiß nicht mehr, durch welchen Zufall – und statt in meine Behausung hinaufzugehen, begab ich mich in den Garten. Es war noch immer sehr heiß; es war eine jener Nächte, die man am liebsten im Freien verbracht hätte, und ich hatte es nicht eilig, ins Bett zu gehen. Ich war in meiner Gondel nach Hause geglitten und hatte dem leisen Plätschern des Ruders im dunklen

Wasser des engen Kanals gelauscht, und nun beschäftigte mich einzig der Gedanke, wie wohltuend es wäre, sich in der von Düften gesättigten Dunkelheit der Länge nach auf einer Gartenbank auszustrecken. Der Geruch des Kanals war zweifellos Auslöser dieser Vorstellung geworden, und als ich den Garten betrat, bestärkte sein Wohlgeruch mein Vorhaben. Es war köstlich – genauso muss die Luft vibriert haben, als Romeo zwischen Blumenhecken stand und beschwörend seine Arme zum Balkon seiner Geliebten erhob. Ich schaute zu den Fenstern des Palazzos hinauf, um zu sehen, ob man hier zufällig dem Beispiel von Verona folgte, denn Verona lag nicht weit entfernt. Doch alles war düster wie üblich, und alles war still. Juliana mag in den Sommernächten ihrer Jugend Jeffrey Aspern durch offene Fenster etwas zugeflüstert haben, aber Miss Tina war ebenso wenig die Geliebte eines Dichters, wie ich ein Dichter war. Das hinderte mich jedoch nicht daran, große Freude zu empfinden, als ich, am anderen Ende des Gartens angekommen, die jüngere meiner beiden Wirtinnen in einer Laube sitzen sah. Zuerst erkannte ich nur die Umrisse einer Gestalt, da ich nicht im mindesten mit einem solchen Annäherungsversuch seitens einer meiner Gastgeberinnen gerechnet hatte; mir kam sogar in den Sinn, dass ein verliebtes Dienstmädchen sich hereingeschlichen haben könnte, um hier ein Stelldichein mit ihrem Liebsten abzuhalten. Gerade wollte ich kehrt machen, um sie nicht zu erschrecken, als sich die Gestalt zu ihrer vollen Höhe erhob und ich Miss Bordereaus Nichte erkannte. Gerechterweise muss ich sagen, dass ich auch sie nicht erschrecken wollte, und so sehr ich ein solches

Ereignis herbeigesehnt hatte, wäre ich doch in der Lage gewesen, mich zurückzuziehen. Es war fast, als hätte ich eine Falle für sie ausgelegt, indem ich früher als üblich nach Hause kam und zusätzlich zu dieser Unplanmäßigkeit auch noch in den Garten ging. Im Aufstehen sprach sie mich an, und mir kam der Gedanke, dass sie vielleicht die nächtliche Gewohnheit angenommen habe, meiner regelmäßigen Abwesenheit gewiss, in Einsamkeit ein wenig Luft zu schöpfen. Eine Falle hatte ich ihr tatsächlich nicht gestellt, da ich an eine solche Möglichkeit überhaupt nicht gedacht hatte. Zuerst bezog ich die Worte, die ich von ihr vernahm, auf die Vorzeitigkeit meiner Rückkehr; doch als sie sie wiederholte – ich hatte sie nur undeutlich verstanden –, vernahm ich zu meiner Überraschung: »Ach, bin ich froh, dass Sie gekommen sind!« Sie und ihre Tante hatten die Eigenschaft gemeinsam, unerwartete Dinge auszusprechen. Sie trat aus der Laube hervor, als wollte sie sich in meine Arme werfen.

Ich beeile mich hinzuzufügen, dass dieser Kelch an mir vorüberging und sie mir noch nicht einmal die Hand reichte. Es war eine Erleichterung für sie, mich zu sehen, und sie erklärte mir sogleich warum – weil es sie ängstigte, wenn sie sich nachts allein außerhalb des Hauses aufhielt. Die Blumen und Büsche sähen in der Dunkelheit so seltsam aus, auch gäbe es alle möglichen sonderbaren Geräusche, die sie nicht genauer beschreiben könne, zum Beispiel Geräusche von Tieren. Sie stand neben mir und schaute nun mit größerer Gelassenheit drein, doch bekundete ihr Blick keinerlei Interesse an mir als Person. Da wurde mir bewusst, wie wenig sie an nächtliche Ausgänge gewohnt sein musste, und das rief mir wieder in Erinnerung – dasselbe hatte schon Bestürzung in mir ausgelöst, als ich vor meinem Einzug mit ihr gesprochen hatte –, dass man von ihr in ihrer ganzen Naivität unmöglich zuviel verlangen durfte.

»Sie hören sich so an, als hätten Sie sich im dunklen Wald verlaufen«, sagte ich lachend. »Wie Sie es schaffen, sich von diesem wundervollen Platz fern zu halten, wo Sie doch nur drei Schritte machen müssten, um hierher zu gelangen, das ist mir wirklich ein Rätsel. Seit ich in diesem Hause wohne, halten Sie sich erstaunlicherweise versteckt, das habe ich sehr wohl bemerkt; ich hatte jedoch die Hoffnung, Sie würden zu anderen Zeiten ein wenig herausschauen. Sie und Ihre arme Tante sind schlechter dran als Karmeliterinnen in ihren Zellen. Möchten Sie mir vielleicht erklären, wie Sie ohne Luft, ohne Bewegung, ohne jeglichen Kontakt zu anderen Menschen überhaupt leben können? Ich kann nicht erkennen, wie Sie das Geschäft des Lebens überhaupt bewältigen.«

Sie schaute mich an, als hätte ich in fremden Zungen geredet, und ihre Antwort war so ausweichend, dass ich Verärgerung in mir aufsteigen fühlte. »Wir gehen sehr früh zu Bett – früher, als Sie sich vorstellen können.« Ich wollte gerade erwidern, dass dies mein Unverständnis nur noch verstärke, da erleichterte sie mich ein wenig mit dem Zusatz: »Bevor Sie kamen, haben wir nicht ganz so zurückgezogen gelebt. Aber spät abends bin ich niemals draußen gewesen.«

»Niemals auf diesen duftenden Gartenwegen, die unter Ihrer Nase so üppig blühen?«

»Leider«, sagte Miss Tina, »so hübsch wie jetzt sind sie noch nie gewesen!« Da hörte ich schon mehr Empfindsamkeit heraus und empfand den Vergleich als schmeichelhaft, so dass mir schien, ich hätte einen Vorteil errungen. Da ich davon zu profitieren gedachte, indem ich erst einmal meinen Kummer vorbrachte, fragte ich sie, warum sie sich nie, wenn sie doch meinen Garten für schön halte, in irgendeiner Weise für die Blumen bedankt habe, die ich ihr in den vergangenen drei Wochen in so großen Mengen hatte schicken lassen. Ich hätte mich dadurch nicht entmutigen lassen – denn wie sie wohl bemerkt habe, sei täglich ein Arm voll gekommen; ich sei jedoch den herkömmlichen Sitten entsprechend erzogen worden und hin und wieder ein Wort der Anerkennung hätte mich in angemessener Weise berührt.

»Wieso, ich wusste nicht, dass sie für mich bestimmt waren!«

»Sie waren für Sie beide. Warum sollte ich einen Unterschied machen?«

Miss Tina dachte nach, als suchte sie nach einem Grund dafür, doch wollte ihr keiner einfallen. Stattdessen fragte sie abrupt: »Warum in aller Welt wollen Sie uns unbedingt kennenlernen?«

»Im Grunde sollte ich eben doch einen Unterschied machen«, erwiderte ich. »Diese Frage stellt Ihre Tante, nicht Sie. Sie würden so etwas nicht fragen, wenn man es Ihnen nicht in den Mund gelegt hätte.«

»Sie hat mir nicht aufgetragen, Sie zu fragen«, antwortete Miss Tina ohne ein Zeichen der Irritation. Sie war wirklich die seltsamste Mischung aus Schüchternheit und Aufrichtigkeit.

»Nun gut, aber sie hat sich diese Frage häufig selbst gestellt und ihre Verwunderung Ihnen gegenüber zum Ausdruck gebracht. Sie hat darauf beharrt, und dadurch hat sie Ihnen die Idee in den Kopf gesetzt, dass ich unerträglich aufdringlich sei. Aber ich versichere Ihnen, dass ich nach meinem Dafürhalten äußerst taktvoll war. Doch Ihre Tante muss jede Gewöhnung an Geselligkeit vollständig eingebüßt haben, wenn sie die Vorstellung als völlig undenkbar ansieht, dass ehrbare, intelligente Leute, die unter demselben Dach zusammenleben, nicht gelegentlich ein Wort miteinander wechseln sollten! Gibt es etwas Natürlicheres? Wir stammen aus demselben Land und haben zumindest einige Vorlieben gemeinsam, denn genau wie Sie bin ich sehr angetan von Venedig.«

Meine Gesprächspartnerin schien unfähig, in einer Aussage mehr als einen Satz zu erfassen, und sie sprach nun schnell, überstürzt, als müsste sie meine ganze Rede in einem Zug beantworten: »Ich bin nicht im Geringsten angetan von Venedig. Am liebsten würde ich weit fortgehen!«

»Hat sie Sie immer schon von allem abgehalten?« fuhr ich fort, um ihr zu zeigen, dass ich genauso sprunghaft sein konnte wie sie.

»Sie hat mich gedrängt, ich solle heute Abend nach draußen gehen; sie hat mir das schon oft aufgetragen«, sagte Miss Tina. »Ich selbst habe es nicht gewollt. Ich mag sie nicht gern allein lassen.«

»Ist sie zu schwach, ist sie wirklich so hinfällig?« fragte ich mit mehr Anteilnahme, wie mir scheint, als ich eigentlich zu erkennen geben wollte. Ich ermaß dies an der Art, wie ihre Augen in der Dunkelheit auf mir ruhten. Es erzeugte mir ein wenig Unbehagen, und um von der Sache abzulenken, fuhr ich in freundlichem Ton fort: »Kommen Sie, wir setzen uns gemeinsam irgendwo bequem nieder, und Sie erzählen mir alles über sie.«

Miss Tina bekundete keinen Widerstand. Wir fanden eine Bank, die weniger abgeschirmt, weniger intim war als die in der Laube; und wir saßen noch immer dort, als ich es Mitternacht schlagen hörte; es waren diese helltönenden Glocken Venedigs, die mit einer ganz eigenen Feierlichkeit über die Lagune hallen und deren Ton so viel länger in der Luft verharrt als die Glockenklänge an vielen anderen Orten. Wir verbrachten mehr als eine Stunde zusammen, und unsere Unterhaltung gab meinem Vorhaben großen Auftrieb, wie mir schien. Miss Tina akzeptierte die Situation ohne Widerworte; drei Monate lang war sie mir aus dem Weg gegangen, doch jetzt behandelte sie mich fast so, als hätten mich diese drei Monate zu einem alten Freund gemacht. Ich hätte daraus ohne weiteres schließen können, dass sie, wenngleich sie mir aus dem Weg gegangen war, gründlich darüber nachgedacht hatte, sich so zu verhalten. Sie schenkte dem Verstreichen der Zeit keine Beachtung – zeigte sich keinen Augenblick besorgt, dass ich sie so lange von ihrer Tante fernhielt. Sie sprach frei heraus, beantwortete Fragen und fragte ihrerseits und nützte auch nicht die etwas längeren Pausen, die natürlicherweise ein Gespräch unterbrachen, um einzuwerfen, sie müsse nun doch hineingehen. Vielmehr war es so, als wartete sie auf etwas – etwas, das ich zu ihr sagen könnte – und als wollte sie mir Gelegenheit dazu geben. Das erstaunte mich umso mehr, als sie mir erzählte, wie viel schlechter es ihrer Tante seit etlichen Tagen gehe, und in gewisser Weise sei diese Entwicklung ziemlich unerwartet. Sie sei merklich schwächer geworden; in manchen Momenten sei sie sogar völlig kraftlos; und doch wünsche sie häufiger als je zuvor, allein gelassen zu werden. Das war auch der Grund, warum sie sie nach draußen geschickt habe – ihr nicht einmal gestattet habe, in ihrem eigenen Zimmer zu bleiben, das neben dem der Tante lag; sie habe die arme Miss Tina sogar »ein Sorgenkind, eine Last und eine Quelle der Beschwernis« genannt. Stunde um Stunde säße sie oft regungslos da, als läge sie in tiefem Schlaf; das habe sie schon immer getan, dösend und sinnierend; doch früher habe sie in solchen Ruhephasen in Abständen kleine Lebenszeichen von sich gegeben, irgendein Interesse bekundet, und es habe ihr gefallen, wenn ihre Gefährtin mit einer Handarbeit in ihrer Nähe gesessen habe. Die untröstliche Frau vertraute mir an, dass ihre Tante zum gegenwärtigen Zeitpunkt so bewegungslos dasitze, dass man Angst bekomme, sie sei tot; darüber hinaus esse und trinke sie so gut wie nichts – man könne nicht erkennen, wovon sie überhaupt lebe. Das Erstaunlichste sei, dass sie an den meisten Tagen immer noch aufstehe; es sei eine schwierige Aufgabe, sie anzukleiden und im Rollstuhl aus ihrem Schlafzimmer hinauszufahren. Sie halte an möglichst vielen alten Gewohnheiten fest und habe immer Wert darauf gelegt, so wenig Gäste sie auch in den vergangenen Jahren empfangen hätten, im großen Salon zu sitzen. Ich wusste nicht recht, was ich von all dem halten sollte – von Miss Tinas plötzlicher

Bekehrung zur Geselligkeit und der befremdlichen Tatsache, dass die alte Frau, je mehr sie auf ihr Ende zuzugehen schien, umso weniger den Wunsch verspürte, umsorgt zu werden. Die Geschichte hing irgendwie zusammen, und ich fragte mich sogar, ob mir da nicht eine Falle gestellt werden sollte, ob es das Ergebnis eines Plans war, damit ich meine Karten auf den Tisch legte. Ich hätte keinen Grund nennen können, warum meine Gefährtinnen (wie man sie nur höflichkeitshalber nennen konnte) eine solche Absicht hegen sollten – warum sie versuchen sollten, einem so einträglichen Mieter ein Bein zu stellen. Doch blieb ich für alle Fälle auf der Hut, sodass Miss Tina nicht noch einmal Gelegenheit bekam, mich zu fragen, was ich wirklich »im Schilde führte«. Arme Frau, bevor wir auseinander gingen, um uns zur Nachtruhe zu begeben, war ich mit mir im Reinen, was es mit ihr wohl auf sich hatte. Sie führte überhaupt nichts im Schilde.

Sie erzählte mir mehr über ihrer beider Angelegenheiten, als ich erwartet hatte; ich musste nichts aus ihr herauslocken, denn offensichtlich war ihr das Gefühl, dass ich ihr zuhörte und mich um sie kümmerte, Anreiz genug, drauflos zu reden. Sie fragte sich nicht mehr, warum ich das wohl tat, und als sie mir schließlich sogar von dem glanzvollen Leben erzählte, das sie vor vielen Jahren geführt hatten, geriet sie fast ins Plaudern. Miss Tina selbst jedenfalls hielt es für glanzvoll; sie sagte, als sie sich damals, vor vielen vielen Jahren, in Venedig niedergelassen hätten – was Jahreszahlen betraf und die Reihenfolge von Ereignissen, blieb sie äußerst unbestimmt –, war keine Woche vergangen, in der sie nicht

Besuch gehabt oder einen amüsanten *passeggio* in der Stadt unternommen hätten. Alle Sehenswürdigkeiten hätten sie sich angesehen, sogar zum Lido seien sie mit einem Boot gefahren – sie sagte es so, als könnte ich denken, man könne auch zu Fuß dorthin gehen. Dort hätten sie einen Imbiss eingenommen, den sie in drei Körben mitgebracht und im Gras ausgebreitet hätten. Ich fragte sie, welche Leute sie gekannt hätten, und sie sagte, oh, sehr nette Leute – den Cavaliere Bombicci und die Contessa Altemura, mit denen sie eng befreundet gewesen seien! Auch Engländer seien darunter gewesen – die Churtons, die Goldies und Mrs. Stock-Stock, die ihnen sehr lieb gewesen sei, doch leider sei sie tot, die Arme. So war es mit den meisten aus ihrem netten Zirkel – diesen Ausdruck hatte Miss Tina selbst gewählt; doch einige wenige wären noch übrig, was ein Wunder sei, wenn man bedenke, wie sehr sie sie vernachlässigt hätten. Sie erwähnte die Namen von zwei oder drei alten Venezianerinnen, außerdem den eines Arztes, eines sehr tüchtigen Mannes, der so aufmerksam sei – er käme als Freund, seine Praxis habe er bereits aufgegeben; sie erwähnte den Rechtsanwalt Pochintesta, der wunderschöne Gedichte schreibe und eines ihrer Tante gewidmet habe. Diese Leute kämen ohne Fehl jedes Jahr zu ihnen zu Besuch, gewöhnlich am Neujahrstag, und aus alter Gewohnheit habe ihre Tante für sie kleine Präsente angefertigt – ihre Tante und sie gemeinsam: Kleinigkeiten, die sie, Miss Tina, eigenhändig hergestellt habe, Lampenschirme aus Papier oder Untersetzer für die Karaffe mit Tafelwein oder solche wollenen Dinger, die man bei kaltem Wetter an den

Handgelenken trage. In den letzten paar Jahren habe es nicht viele Geschenke gegeben; ihr sei nichts Rechtes eingefallen, und ihre Tante habe das Interesse daran verloren und keine Vorschläge mehr gemacht. Die Leute kämen gleichwohl; wenn die guten Venezianer einen einmal ins Herz geschlossen hätten, dann liebten sie einen für immer.

Es lag etwas Anrührendes in der Treuherzigkeit, mit der sie mir den Glanz ihres früheren gesellschaftlichen Lebens vor Augen führte; das Picknick auf dem Lido war ihr über all die Jahre in lebhafter Erinnerung geblieben, und die arme Miss Tina hatte offenbar den Eindruck, eine verwegene Jugend verbracht zu haben. Tatsächlich hatte sie wohl einen Blick auf die venezianische Welt in ihrer Schwatzhaftigkeit, ihrer Häuslichkeit, ja selbst in ihrer Geschäftigkeit geworfen. Zum ersten Mal fiel es mir jetzt nämlich auf, wie gut sie durch Nachahmung die spezielle Art des so weich, fast kindlich klingenden familiären Plaudertons dieser Gegend erlernt hatte. Dass sie sich diesen zügellosen Dialekt zu eigen gemacht hatte, schloss ich aus der natürlichen Art, wie ihr die Namen von Dingen und Leuten – meist von rein lokaler Bedeutung – über die Lippen kamen. Doch wenn sie schon wenig darüber wusste, was sie darstellten, wusste sie von allem anderen noch viel weniger. Ihre Tante hatte sich aus der Welt zurückgezogen – ihr mangelndes Interesse an Tischdeckchen und Lampenschirmen war ein Zeichen dafür –, und sie selbst war nicht in der Lage gewesen, sich allein in Gesellschaft zu begeben oder Gäste zu empfangen; daher schienen all ihre Erinnerungen einer vergangenen Welt anzugehören. Hätte sie nicht in so gewähltem Tonfall gesprochen, hätte man sich in das anrüchige Rokoko-Venedig Goldonis und Casanovas zurückversetzt gefühlt. Mir wurde bewusst, dass ich fälschlicherweise auch sie als Zeitgenossin von Jeffrey Aspern ansah; das lag daran, dass sie mit mir und meiner eigenen Zeitgenossenschaft so wenig gemeinsam hatte. Es war sogar möglich, überlegte ich mir, dass sie noch nie von ihm gehört hatte; es konnte gut sein, dass Juliana es sich versagt hatte, vor den unschuldigen Augen ihrer Nichte den Schleier je zu lüften, der den Tempel ihres Erdenruhms verhüllte. Wenn es so war, wusste sie vielleicht gar nichts von der Existenz der Papiere, und diese Vermutung war mir willkommen, fühlte ich mich doch sicherer in ihrer Gegenwart. Doch dann erinnerte ich mich, dass wir von dem Brief an Cumnor mit der Leugnung angenommen hatten, dass er in der Handschrift der Nichte verfasst worden sei. Sollte er ihr diktiert worden sein, musste sie selbstverständlich wissen, worauf er sich bezog; zumal das Anliegen des Schreibens war, jedes Ansinnen zurückzuweisen, es habe irgendeine Verbindung mit dem Dichter gegeben. Auf jeden Fall hielt ich es für wahrscheinlich, dass Miss Tina nicht eine Zeile seiner Dichtung gelesen hatte. Wenn sie sich darüber hinaus gemeinsam mit ihrer Gefährtin immer gegen Zudringlichkeiten und Nachforschungen verwahrt hatte, dürfte es kaum Gelegenheit gegeben haben, sie auf den Gedanken zu bringen, dass Leute »hinter den Briefen her« waren. Niemand war hinter ihnen her gewesen, weil niemand je von ihnen gehört hatte. Cumnors fruchtloser Versuch, seine Fühler auszustrecken, dürfte ein einsamer Vorstoß gewesen sein.

Als es Mitternacht schlug, stand Miss Tina auf; doch machte sie erst vor der Haustür halt, nachdem sie zwei oder dreimal mit mir rund um den Garten geschlendert war. »Wann werde ich Sie wiedersehen?« fragte ich, bevor sie hineinging; worauf sie ohne Zögern antwortete, sie würde gern am nächsten Abend wieder kommen. Jedoch fügte sie hinzu, sie werde es nicht tun – sie sei weit davon entfernt, alles zu tun, was ihr gefalle.

»Sie könnten ein paar Dinge tun, die mir gefallen«, seufzte ich ziemlich aufrichtig.

»Ihnen – oh nein, ich glaube Ihnen nicht!« flüsterte sie und schaute mich dabei in ihrer schlichten Ernsthaftigkeit an.

»Warum glauben Sie mir nicht?«

»Weil ich Sie nicht verstehe.«

»Das ist genau die richtige Gelegenheit, um Vertrauen zu bekunden.« Mehr konnte ich nicht sagen, obwohl ich es gern getan hätte, da ich sah, dass ich sie nur in Verwirrung stürzen würde; denn ich wollte nicht mein Gewissen damit belasten, dass man mir den Vorwurf machen könnte, ich hätte ihr den Hof gemacht. Genau danach aber hätte es ausgesehen, wenn ich damit fortgefahren wäre, eine Dame in einem italienischen Garten in einer Sommernacht zu bitten, »mir doch zu glauben«. In gewisser Weise wurden meine Bedenken belohnt, denn Miss Tina blieb und verweilte immer länger: Ich spürte, dass sie tatsächlich überzeugt war, sobald nicht wieder hier herunterzukommen, und daher wollte sie nur allzu gern den Augenblick in die Länge ziehen. Außerdem war der Nachdruck zu spüren, mit dem sie das Gespräch zwischen uns in eine persönliche Richtung lenken wollte; insgesamt verhielt sie sich so, wie es nur einer völlig arglosen und ausgesprochen einfältigen Frau möglich gewesen wäre.

»Jetzt, da ich weiß, dass die Blumen auch für mich gedacht sind, werden sie mir viel besser gefallen.«

»Wie konnten Sie das in Zweifel ziehen? Wenn Sie mir verraten, welche Sorte Sie am liebsten mögen, schicke ich Ihnen einen doppelt so großen Strauß.«

»Oh, ich mag sie alle gleich gern!« Dann fügte sie in vertraulichem Ton hinzu: »Werden Sie arbeiten – werden Sie lesen und schreiben –, wenn Sie gleich in Ihre Räume hinaufgehen?«

»Nachts tue ich das nicht – nicht in dieser Jahreszeit. Das Lampenlicht zieht Ungeziefer an.«

»Das hätten Sie wissen sollen, bevor Sie hierher kamen.«

»Ich habe es gewusst!«

»Aber im Winter arbeiten Sie nachts?«

»Ich lese eine Menge, aber ich schreibe nicht oft.« Sie hörte mir zu, als wären diese Einzelheiten höchst interessant, und plötzlich schimmerte mir auf ihrem offenen, sanften Gesicht etwas Verführerisches entgegen, das ganz im Widerspruch zu all der Vorsicht stand, die ich mir selbst auferlegt hatte. Oh ja, jetzt fühlte sie sich sicher, und ich konnte sie noch sicherer machen! Von einem Augenblick zum anderen wurde mir klar, dass ich nicht länger warten konnte – dass ich wirklich beginnen musste, meine Möglichkeiten auszuloten. So fuhr ich fort: »Im Allgemeinen lese ich vor dem Schlafengehen (sehr oft im Bett, das ist eine schlechte Angewohnheit, aber ich gestehe sie ein), meist lese ich im Werk eines großen Dichters. In neun von zehn Fällen ist es ein Band von Jeffrey Aspern.«

Ich beobachtete sie genau, während ich den Namen aussprach, doch ich nahm keinerlei Verwunderung bei ihr wahr. Warum sollte ich auch? Gehörte Jeffrey Aspern nicht der ganzen Menschheit?

»Oh ja, auch wir lesen ihn – wir haben ihn gelesen«, erwiderte sie ruhig.

»Er ist für mich die Krone der Dichtkunst – ich kenne fast alles von ihm auswendig.«

Miss Tina zögerte einen Moment lang, doch dann war ihr freundliches Wesen stärker als sie. »Ach, auswendig – das bedeutet nicht viel«, und es trat, wenn auch nur schwach, ein Leuchten in ihr Gesicht. »Meine Tante kannte ihn persönlich – kannte ihn« – sie hielt inne, und ich erwartete mit Spannung, was sie nun wohl sagen würde – »kannte ihn als Besucher.«

»Als Besucher?« Ich beherrschte mich im Ton.

»Er suchte sie auf und ging mit ihr aus.«

Ich starrte sie unbeirrt an. »Gute Dame, er ist schon seit hundert Jahren tot!«

»Ja, ja«, sagte sie amüsiert, »und meine Tante ist hundertfünfzig.«

»Guter Gott!« rief ich. »Warum haben Sie mir das nicht früher gesagt? Ich würde ihr so gern ein paar Fragen über ihn stellen.«

»Das würde sie nicht interessieren – sie würde Ihnen nichts erzählen«, antwortete Miss Tina.

»Es ist mir egal, wofür sie sich interessiert! Sie muss

mir von ihm erzählen – diese Gelegenheit darf man sich nicht entgehen lassen.«

»Dann hätten Sie zwanzig Jahre früher kommen sollen. Damals hat sie noch über ihn gesprochen.«

»Und was hat sie gesagt?« fragte ich übereifrig.

»Ich weiß nicht – dass er sie enorm geschätzt hat.«

»Und sie – hat sie ihn nicht geschätzt?«

»Sie sagte, er wäre ein Gott.« Miss Tina erzählte mir dies ganz unbewegt, ohne besonderen Ausdruck; aus ihrem Tonfall hätte man schließen können, es handle sich um ganz gewöhnlichen Klatsch. Doch mich wühlten die Worte zutiefst auf, als sie sie in die Sommernacht fallen ließ; ihr Klang war wie das leichte Rascheln eines alten Liebesbriefs, der gerade vor mir entfaltet wurde.

»Verrückt, einfach verrückt!« flüsterte ich. Und dann: »Bitte sagen Sie mir eines – besitzt sie ein Bild von ihm? Sie sind leider so selten.«

»Ein Bild? Das weiß ich nicht«, sagte Miss Tina; und nun zeigte sich Verlegenheit in ihrem Gesicht. »Na dann, gute Nacht!« fügte sie hinzu; und damit wandte sie sich ab und ging ins Haus.

Ich begleitete sie in den weitläufigen, düsteren Flur mit Steinfußboden, der im Erdgeschoss unserem großen Empfangssaal im ersten Stock entsprach. Auf der einen Seite ging er in den Garten hinaus, auf der anderen auf den Kanal, und jetzt war er nur von der kleinen Lampe erleuchtet, die man dort immer für mich brennen ließ, damit ich sie mitnehmen konnte, wenn ich hinauf in mein Bett ging. Unmittelbar daneben stand auf dem Tisch eine ausgelöschte Kerze, die Miss Tina offenbar mit heruntergebracht hatte. »Gute Nacht, gute Nacht!«

erwiderte ich und blieb an ihrer Seite, als sie zu ihrer Kerze ging und sie entzündete. »Sie wüssten es bestimmt, wenn sie eines besäße, nicht wahr?«

»Wenn sie was besäße?« fragte die Arme und warf mir über die Flamme ihrer Kerze hinweg einen sonderbaren Blick zu.

»Ein Bildnis von dem Gott. Ich kann Ihnen nicht sagen, was ich dafür geben würde, wenn ich es sehen dürfte.«

»Ich weiß nicht, was sie besitzt. Sie hält ihre Dinge unter Verschluss.« Und mit dem deutlichen Gefühl, zuviel gesagt zu haben, wandte sich Miss Tina ab und ging auf die Treppe zu.

Ich ließ sie gehen – ich wollte sie nicht ängstigen – und begnügte mich mit der Bemerkung, dass Miss Bordereau ein so herrliches Besitzstück sicherlich nicht weggeschlossen hätte: einen Gegenstand, den zu besitzen man stolz wäre und den man an gut sichtbarer Stelle im Salon aufhängen würde. Aufgrund dessen konnte sie kein Bild von ihm besitzen. Miss Tina antwortete darauf nicht sofort und stieg, mit der Kerze in der Hand und dem Rücken mir zugewandt, zwei oder drei Stufen hinauf. Dann blieb sie plötzlich stehen, drehte sich herum und schaute durch den dunklen Raum zu mir herüber.

»Schreiben Sie – schreiben Sie?« In ihrer Stimme lag ein Zittern – sie konnte kaum ein Wort herausbringen.

»Ob ich schreibe? Bitte sprechen Sie nicht im selben Atemzug mit Aspern von meinem Schreiben!«

»Schreiben Sie über ihn – schnüffeln Sie in seinem Leben herum?«

»Ich bitte Sie, diese Frage stammt von Ihrer Tante; sie kann nicht von Ihnen kommen!« sagte ich in einem Ton, der leichte Kränkung verriet.

»Umso mehr Grund für Sie, mir darauf zu antworten. Bitte, wollen Sie so freundlich sein?«

Ich dachte, ich hätte mir zugestanden, auch Unwahrheiten als Ausreden zu benutzen, doch als ich nun in die Situation kam, merkte ich, dass dies nicht der Fall war. Zumal ich es nun, da ich einen Zugang zu ihr gefunden hatte, auch als Erleichterung empfand, aufrichtig zu sein. Im Grunde vermutete ich – es war vielleicht verrückt oder sogar töricht –, dass mir Miss Tina in letzter Konsequenz nicht weniger gewogen sein würde. Darum antwortete ich nach einem Augenblick des Zögerns: »Es stimmt, ich habe über ihn geschrieben und bin auf der Suche nach weiterem Material. Um Himmels willen, verfügen Sie über irgendetwas?«

»*Santo Dio!*« rief sie aus, ohne meine Frage zu beachten; und schon eilte sie die Treppe hinauf und verschwand. Vielleicht konnte ich als letzten Ausweg auf sie zählen, doch gegenwärtig war sie sichtlich verschreckt. Als Beweis dafür begann sie erneut, sich versteckt zu halten, sodass ich sie zwei Wochen lang nicht zu Gesicht bekam. Allmählich ging meine Geduld zu Ende, und nachdem weitere vier oder fünf Tage verstrichen waren, wies ich den Gärtner an, die »Blumengrüße« einzustellen.

VI

Endlich traf ich sie eines Nachmittags, als ich von meinen Wohnräumen nach unten stieg, um auszugehen, in der Empfangshalle an; es war unsere erste Begegnung in diesem Raum, seit ich in das Haus eingezogen war. Sie erweckte nicht den Eindruck, als sei sie zufällig dort; in ihrer ehrlichen, linkischen Schüchternheit war ihr eine solche Verstellungskunst fremd. Damit ich sogleich versichert wäre, dass sie mich erwartete, erwähnte sie dies als Erstes, teilte mir aber gleichzeitig mit, dass Miss Bordereau mich zu sehen wünschte: Sie würde mich sofort in ihr Zimmer begleiten, sofern ich Zeit hätte. Selbst wenn ich schon mit Verspätung auf dem Weg zu einem Liebesstelldichein gewesen wäre, für diese Gelegenheit hätte ich alles stehen und liegen lassen, und schnell gab ich ihr zu verstehen, dass ich entzückt wäre, meiner Wohltäterin meine Aufwartung zu machen. »Sie möchte mit Ihnen sprechen – Sie kennen lernen«, sagte Miss Tina und lächelte dabei, als fände sie selbst Gefallen an dieser Vorstellung; dann begleitete sie mich zu der Tür, die zu den Räumen ihrer Tante führte. Kurz bevor sie die Tür öffnete, trat ich ihr in den Weg und sah sie forschend an. Dies sei eine große Genugtuung für mich, sagte ich zu ihr, und eine große Ehre; dennoch wüsste ich gern, was Miss Bordereau dazu bewogen habe, einen so plötzlichen und so entschiedenen Sinneswandel zu bekunden. Es sei doch noch nicht lange her, da habe sie mich nicht in ihrer Nähe dulden wollen. Meine Frage brachte Miss Tina nicht in Verlegenheit; sie verfügte über so viele Momente unerwarteter Gemütsruhe, so unerwarteter Glaubwürdigkeit, fast als tischte sie Lügen auf, doch das Verrückte daran war, dass diese ganz im Gegenteil ihren Ursprung in ihrer Wahrheitsliebe hatten. »Oh ja, meine Tante ändert ihren Sinn«, antwortete sie. »Es ist so schrecklich eintönig – ich vermute, sie ist dessen müde.«

»Aber Sie haben mir doch gesagt, sie wolle immer häufiger allein sein.«

Die arme Miss Tina errötete, als sei ich ihr zu aufdringlich erschienen. »Na gut, wenn Sie nicht glauben, dass sie Sie sehen möchte, dann habe ich es eben erfunden! Mir scheint, Menschen sind oft launisch, wenn sie sehr alt sind.«

»Da haben Sie völlig recht. Ich wollte mich nur vergewissern, ob Sie ihr gegenüber wiederholt haben, was ich Ihnen neulich erzählt habe.«

»Was Sie mir erzählt haben!«

»Über Jeffrey Aspern – dass ich auf der Suche nach Material bin.«

»Wenn ich ihr das erzählt hätte, glauben Sie, sie hätte Sie dann zu sich gebeten?«

»Genau das wollte ich wissen. Wenn Sie ihn ganz für sich behalten möchte, hat sie mich vielleicht hergebeten, um mir das mitzuteilen.«

»Sie wird nicht über ihn sprechen«, sagte Miss Tina. Dann öffnete sie die Tür und fügte mit leiserer Stimme hinzu: »Ich habe ihr nichts gesagt.«

Die alte Frau saß an derselben Stelle, an der ich sie beim letzten Mal vorgefunden hatte, in derselben Haltung, mit demselben verklärenden Schirm über den Augen. Ihre Begrüßung bestand darin, dass sie mir ihr fast völlig verdecktes Gesicht zuwandte und mir zeigte, dass sie mich deutlich sah, während sie schweigend dasaß. Ich machte keine Anstalten, ihr die Hand zu reichen; mir war inzwischen völlig bewusst, dass diese Geste hier nicht und niemals am Platze war. Man hatte mir ausreichend eingeschärft, sie sei zu ehrwürdig, um sie zu berühren. Wie ich so vor ihr stand und sie mich musterte, lag etwas so Grimmiges in ihrer Erscheinung – das mag auch an ihrem grünen Augenschirm gelegen haben –, dass ich auf der Stelle davon überzeugt war, sie hege tatsächlich irgendeinen Argwohn gegen mich, während ich meinerseits nicht den geringsten Verdacht hegte, Miss Tina könnte mich verraten haben, vielmehr muss es der grüblerische Instinkt der alten Frau gewesen sein, der ihr zu einer solchen Einsicht verholfen hatte; in den langen, stillen Stunden hatte sie mich von allen Seiten durchleuchtet und ihre Vermutungen angestellt. Das Schlimmste daran war, dass sie ganz schrecklich nach einer alten Frau aussah, die notfalls auch, ganz wie Sardanapal, ihre Schätze verbrennen würde. Miss Tina schob einen Stuhl weiter vor und sagte zu mir: »Dies ist der richtige Platz für Sie, setzen Sie sich doch.« Ich nahm dort Platz und fragte nach Miss Bordereaus Befinden; ich gab meiner Hoffnung Ausdruck, dass es trotz der großen Hitze zufriedenstellend sei. Sie antwortete, es ginge ihr recht gut – recht gut; es sei großartig, am Leben zu sein.

»Oh, was das betrifft, hängt es davon ab, mit was Sie es vergleichen!« erwiderte ich mit einem Lachen.

»Ich vergleiche überhaupt nicht, ich vergleiche nicht. Wenn ich das täte, dann hätte ich schon längst alles hingeworfen.«

Ich wertete dies als eine subtile Anspielung auf das Entzücken, das sie in Jeffrey Asperns Gesellschaft kennen gelernt hatte – obgleich eine solche Anspielung, das musste ich mir eingestehen, nur schlecht mit dem Wunsch in Einklang zu bringen war, den ich ihr unterstellte, dass sie ihn in ihrem Herzen begraben halten wollte. Es stand hingegen mit meiner unerschütterlichen Überzeugung in Einklang, dass kein Mensch je eine glücklichere Begabung zum geselligen Umgang besessen habe als er, und damit war offenbar gemeint, dass nichts in der Welt so sehr zum Gesprächsstoff taugte, sofern man sich überhaupt gestattete, darüber zu sprechen. Aber man gestattete es sich nicht! Miss Tina nahm neben ihrer Tante Platz und schaute drein, als habe sie Grund zu der Annahme, es werde sich eine wunderbare Unterhaltung zwischen uns entspinnen.

»Es ist wegen der schönen Blumen«, sagte die alte Dame; »Sie haben uns so viele geschickt – ich hätte Ihnen schon längst dafür danken sollen. Aber ich schreibe keine Briefe und empfange nur in großen Abständen Gäste.«

Sie hatte sich nicht bei mir bedankt, solange die Blumen noch regelmäßig eintrafen, hatte aber ganz gegen ihre Gepflogenheiten sofort nach mir schicken lassen, als sie befürchten musste, sie würden fortan ausbleiben. Dies nahm ich sehr wohl zur Kenntnis; es fiel mir wieder ein, wie gewinnsüchtig sie sich mir gegenüber gezeigt hatte, als es darum ging, mir Gold aus der Tasche zu ziehen, und insgeheim gratulierte ich mir zu dem guten Einfall, meine Achtungsbezeigung einzustellen. Sie hatte sie vermisst und war nun zu einem Zugeständnis bereit, um die Geste zurückzuerobern. Beim ersten Anzeichen eines solchen Zugeständnisses musste ich ihr auf jeden Fall entgegenkommen. »In der letzten Zeit haben Sie leider nicht viele bekommen, aber sie werden ab sofort wieder eintreffen – morgen, schon heute Abend.«

»Oh ja, bitte schicken Sie uns noch heute Abend welche!« rief Miss Tina, als handelte es sich um eine wichtige Sache.

»Was sollten Sie auch sonst damit anstellen? Es entspricht nicht dem Geschmack eines Mannes, sein Zimmer in eine Laube zu verwandeln«, bemerkte die alte Frau.

»Ich mache aus meinem Zimmer keine Laube, aber ich liebe es über alle Maßen, Blumen zu hegen und zu pflegen, zuzusehen, wie sie sich entwickeln. Das ist keineswegs unmännlich: Es war der Zeitvertreib von Philosophen, von Staatsmännern im Ruhestand und sogar, wie ich zu wissen glaube, von großen Feldherren.«

»Ich nehme an, Sie wissen, dass Sie sie verkaufen könnten – alle, die bei Ihnen überzählig sind«, fuhr Miss Bordereau fort. »Vermutlich würde man Ihnen nicht viel dafür geben, trotzdem, Sie könnten ein Geschäft damit machen.«

»Ich bitte Sie, ich habe noch nie in meinem Leben ein Geschäft gemacht, wie Sie eigentlich recht gut erraten haben müssten. Mein Gärtner macht mit den Blumen, was er für richtig hält, und ich stelle keine Fragen.«

»Ein paar Fragen würde ich ihm stellen, das kann ich Ihnen versprechen!« sagte Miss Bordereau; und in diesem Augenblick hörte ich zum ersten Mal den seltsamen Klang ihres Lachens, das sich anhörte, als habe der immer noch schwach »umgehende« Geist ihres Tonfalls aus alten Tagen plötzlich einen Freudensprung gemacht. Ich konnte mich nur schwer an die Vorstellung gewöhnen, dass es hauptsächlich dieser Gedanke an den finanziellen Vorteil war, der die göttliche Juliana dazu bewegen konnte, aus sich herauszugehen.

»Kommen Sie doch selbst hinunter in den Garten und pflücken Sie sich Blumen; kommen Sie, so oft Sie wollen; kommen Sie jeden Tag. Die Blumen sind alle für Sie«, setzte ich zu Miss Tina gewandt nach, brachte diese ehrlich gemeinte Äußerung aber so vor, als handelte es sich um einen unschuldigen Scherz. »Ich kann gar nicht verstehen, warum sie nicht herunterkommt«, fügte ich an Miss Bordereau gerichtet hinzu.

»Sie müssen sich darum kümmern, dass sie hinuntergeht; Sie müssen hierher kommen und sie abholen«, sagte die alte Frau zu meiner Genugtuung. »Der seltsame Platz, den Sie in der Ecke eingerichtet haben, eignet sich ausgezeichnet für sie, dort kann sie sich hinsetzen.«

Die Anspielung auf den kunstvollsten meiner schattenspendenden Zufluchtsorte, eine Art »Gartenhaus«, war respektlos; es verfestigte meinen bereits zuvor gewonnenen Eindruck, dass in Miss Bordereaus Rede etwas Ungehöriges aufflackerte, ein fernes Echo jener Kühnheit oder Verwegenheit aus ihrer abenteuerlichen

Jugendzeit, und diese schien gleichsam automatisch alle Leidenschaften und Geisteskräfte überlebt zu haben. Ungeachtet dessen fragte ich: »Wäre es nicht auch Ihnen möglich, in den Garten herunterzukommen? Würde es Ihnen nicht gut tun, dort im Schatten in der herrlichen Luft zu sitzen?«

»Mein Herr, wenn ich mich von hier fortbewege, dann sicherlich nicht, um in der Luft zu sitzen, und ich befürchte, dass nichts, was mich dort umwehen könnte, besonders herrlich sein würde! Es wird vielmehr ein besonders dunkler Schatten sein. Aber so weit ist es noch nicht«, fuhr Miss Bordereau mit einer gewissen Verschlagenheit fort, als wollte sie alle Hoffnungen zerstreuen, die dieser freimütige Blick auf das letzte Behältnis ihrer sterblichen Überreste in mir geweckt haben mochte. »So manchen Tag habe ich hier gesessen und habe im Laufe meines Lebens genug Lauben erlebt. Aber ich fürchte mich nicht zu warten, bis ich abberufen werde.«

Miss Tina hatte eine leichtfüßigere Unterhaltung erwartet, das spürte ich, aber vielleicht fand sie sie von Seiten ihrer Tante weniger liebenswürdig – in Anbetracht der Tatsache, dass ich in höflicher Absicht hergebeten worden war –, als sie gehofft hatte. Als wollte sie der Situation eine Wendung geben, die unsere Hausgenossin in einem günstigeren Licht erscheinen ließ, sagte sie zu mir: »Habe ich Ihnen nicht neulich Abend gesagt, dass Sie mich hinausgeschickt hat? Sie sehen, ich kann tun, was mir gefällt!«

»Haben Sie Mitleid mit ihr – bringen Sie ihr bei, sich selbst zu bemitleiden?« fragte Miss Bordereau, noch bevor ich Gelegenheit hatte, auf Miss Tinas Einwurf zu antworten. »Sie führt ein viel leichteres Leben als ich in ihrem Alter.«

»Sie müssen bedenken, dass ich es durchaus für möglich gehalten habe«, sagte ich, »dass Sie sozusagen übermenschlich sind.«

»Übermenschlich? So haben Dichter die Frauen vor hundert Jahren genannt. Fangen Sie nicht damit an; so gut wie die Poeten können Sie es doch nicht!« sagte Juliana. »Es gibt keine Poesie mehr auf der Welt – zumindest keine, von der ich weiß. Doch ich will nicht mit Ihnen streiten«, fügte sie hinzu, und ich erinnere mich gut an den altmodischen, gekünstelten Tonfall, in dem sie ihre Worte vortrug. »Sie bringen mich zum Reden, und ich rede und rede! Das tut mir überhaupt nicht gut.« Daraufhin erhob ich mich und erklärte, ich wolle nicht mehr von ihrer Zeit in Anspruch nehmen; doch sie hielt mich mit einer Frage zurück: »Erinnern Sie sich, dass Sie uns an dem Tag, als Sie wegen der Zimmer bei mir vorsprachen, angeboten haben, Ihre Gondel zu benutzen?« Ich stimmte zu und im selben Augenblick wunderte ich mich erneut über ihre Fähigkeit, aus meiner Anwesenheit »das Beste herauszuschlagen«, und als ich mich fragte, was sie wohl als Nächstes im Schilde führte, brachte sie hervor: »Warum fahren Sie nicht mit dem Mädchen ein wenig damit hinaus und zeigen ihr die Stadt?«

»Aber, liebe Tante, was haben Sie denn mit mir vor?« rief das »Mädchen« mit bebender Stimme. »Ich kenne die Stadt in- und auswendig!«

»Gut, dann begleite ihn und erkläre ihm alles!« sagte

Miss Bordereau, deren unerbittliche Schlagfertigkeit auch etwas Grausames hatte. Sie wirkte jetzt wie eine sarkastische, gemeine, zynische alte Frau. »Haben wir nicht gehört, dass es in all diesen Jahren alle möglichen Veränderungen gegeben haben soll? Du solltest sie dir anschauen, und in deinem Alter – ich meine nicht, weil du so jung bist – solltest du die Gelegenheiten ergreifen, die sich dir bieten. Du bist alt genug, meine Liebe, und dieser Gentleman wird dir nichts antun. Er wird dir die berühmten Sonnenuntergänge zeigen, sofern es sie noch gibt – gibt es sie noch? Für mich ist die Sonne schon vor so langer Zeit untergegangen. Aber das ist kein Grund. Außerdem werde ich dich niemals vermissen; du hältst dich für zu wichtig. Nehmen Sie sie mit zur Piazza; dort war es immer sehr schön«, fuhr Miss Bordereau fort, nun zu mir gewandt. »Was hat man mit der seltsamen alten Kirche angestellt? Ich hoffe, sie ist nicht eingestürzt. Geben Sie ihr Gelegenheit, sich in den Geschäften umzuschauen; sie kann etwas Geld mitnehmen und sich kaufen, was ihr gefällt.«

Die arme Miss Tina war aufgestanden, völlig aus der Fassung gebracht und hilflos, und wie wir beide nun dort vor ihrer Tante standen, wäre einem Beobachter dieser Szene sicherlich klar geworden, dass unsere ehrbare Freundin gehörig ihr Spielchen mit uns trieb. Miss Tina protestierte in einem Gewirr aus Ausrufen und Gemurmel; doch ich beeilte mich, ihr zu versichern, dass ich mich dafür verbürgen wolle, sofern sie mir die Ehre erwiese, die Einladung auf mein Boot anzunehmen, ihr keinerlei Unannehmlichkeiten zu bereiten. Doch falls sie meine Gesellschaft weniger erwünschen sollte, stände ihr das Boot mitsamt dem Gondoliere zur Verfügung: er sei ein hervorragender Ruderer, und sie könne ihm voll und ganz vertrauen. Miss Tina antwortete nicht gleich auf dieses Angebot, sondern wandte den Blick von mir ab und schaute aus dem Fenster, als finge sie gleich an zu weinen, und ich fügte die Bemerkung an, dass wir uns nun, da wir Miss Bordereaus Zustimmung hatten, leicht über alles einigen könnten. Wir würden für einen der nächsten Tage eine Zeit verabreden, welche immer ihr genehm wäre. Als ich mich vor der alten Dame verbeugte, fragte ich sie, ob sie mir gestattete, ihr wieder meine Aufwartung zu machen.

Einen Moment lang ließ sie den Blick auf mir ruhen, dann sagte sie: »Ist es wirklich notwendig für Ihr Glück?«

»Es bereitet mir mehr Freude, als ich sagen kann.«

»Sie sind so wunderbar höflich. Ist Ihnen nicht klar, dass es mich fast umbringt?«

»Wie kann ich das glauben, wenn ich sehe, dass Sie jetzt belebter, strahlender aussehen als bei meiner Ankunft?«

»Das ist wirklich so, Tante«, sagte Miss Tina. »Ich glaube, es tut Ihnen gut.«

»Ist es nicht anrührend, wie sehr wir uns darum sorgen, dass der andere sich auch gut amüsiert?« spottete Miss Bordereau. »Wenn Sie mich heute für strahlend halten, wissen Sie nicht, wovon Sie reden; dann haben Sie noch nie eine attraktive Frau gesehen. Was wissen Sie beide schon über gute Gesellschaft?« rief sie aus; doch bevor ich darauf antworten konnte, fuhr sie fort: »Versuchen Sie nicht, mir Komplimente zu machen;

damit bin ich im Übermaß verwöhnt worden.« Und sie fügte an: »Meine Tür ist verschlossen, aber von Zeit zu Zeit dürfen Sie anklopfen.«

Damit entließ sie mich, und ich verließ den Raum. Der Riegel fiel hinter mir ins Schloss, aber Miss Tina war, entgegen meiner Hoffnung, drinnen geblieben. Ich schritt langsam durch den großen Saal, und bevor ich meinen Weg die Treppe hinab fortsetzte, blieb ich ein Weilchen stehen. Meine Hoffnung erfüllte sich; nur wenige Augenblicke später kam meine Begleiterin heraus. »Zur Piazza, das ist eine wundervolle Idee«, sagte ich. »Wann möchten Sie fahren – heute Abend, morgen?«

Sie war aus der Fassung geraten, wie ich schon erwähnt habe, doch hatte ich bereits bemerkt und konnte dies erneut beobachten, dass sich Miss Tina, wenn sie sich peinlich berührt fühlte, nicht – wie die meisten Frauen es in vergleichbaren Fällen getan hätten – abwandte, unter Windungen und um sich zu schützen, sondern im Gegenteil näher kam, und das hatte sogar etwas Flehendes, etwas Anklammerndes, als wollte sie den andern anrufen, sie zu verschonen und zu beschützen. In ihrem Verhalten lag ein ständiges Bitten um Hilfe und Erklärung, und dennoch gab es wohl keine Frau auf dieser Welt, die weniger von einer Schauspielerin an sich hatte. Von dem Moment an, da man freundlich zu ihr war, machte sie sich völlig abhängig von einem; ihre Befangenheit verschwand und sie hielt die größte Vertraulichkeit, eine unschuldige Vertraulichkeit, die sie sich einzig vorstellen konnte, für selbstverständlich. Sie wüsste nicht, erklärte sie dann, was in ihre Tante gefahren sei, dass sie sich so plötzlich verändert habe, ihr müsse irgendetwas in den Sinn gekommen sein. Ich erwiderte, dass sie ergründen müsse, um was es sich handelte, und mich dies wissen lassen: Wir würden dann zusammen ausgehen, ein Eis bei Florian essen, und sie könne mir davon berichten, während die Kapelle für uns spielte.

»Es wird gewiss eine Zeit lang dauern, bis ich Ihnen etwas ›berichten‹ kann!« sagte sie mit Bedauern in der Stimme; sie könne mir dieses Vergnügen weder für den heutigen Abend noch für den nächsten versprechen. Ich war keineswegs ungeduldig, denn ich spürte, dass ich nur warten müsste; und so geschah es tatsächlich, denn am Ende der Woche, an einem herrlichen Abend nach dem Essen, stieg sie zu mir in die Gondel, an der ich eigens für diese Gelegenheit ein zweites Ruder angebracht hatte.

Es dauerte kaum fünf Minuten, schon glitten wir auf den Canal Grande hinaus; leise brachte sie ihre Begeisterung zum Ausdruck, die etwas so Frisches hatte, als wäre sie eine soeben angekommene Touristin. Sie hatte vergessen, wie grandios die Wasserstraße an einem klaren Sommerabend wirkte und wie sehr das Gefühl beim Dahintreiben zwischen Marmorpalästen und Lichtreflexen den Geist für Freiheit und Gelassenheit empfänglich machte. Lange glitten wir dahin und fuhren weit hinaus, und wenn meine Freundin ihrer übermütigen Stimmung auch nicht mit lauter Stimme Ausdruck gab, war ich mir doch sicher, dass sie sich ihr völlig hingegeben hatte. Sie war mehr als erfreut, sie war entzückt; die ganze Unternehmung bedeutete für sie eine gewaltige Befreiung. Die Gondel glitt mit langsamen Ruderschlägen dahin, um ihr Zeit zum Genießen zu lassen, und sie lauschte dem Plätschern der Ruder, das lauter und rhythmisch deutlicher vernehmbar wurde, als wir in die engen Kanäle hineinfuhren, und es muss ihr vorgekommen sein wie eine Offenbarung Venedigs. Als ich sie fragte, wie lange es her sei, dass sie so auf dem Wasser dahingefahren sei, antwortete sie: »Ach, ich weiß gar nicht, es ist lange her – nicht mehr, seit meine Tante krank geworden ist.« Dies war nicht das einzige Mal, dass sie sich so völlig unbestimmt über die vergangenen Jahre und den Zeitpunkt äußerte, mit dem die Ära von Miss Bordereaus gesellschaftlicher Stellung zu Ende gegangen war. Ich fühlte mich nicht frei, sie allzu lange auszuführen, doch unternahmen wir einen beachtlichen *giro*, bevor wir auf die Piazza gingen. Ich stellte ihr keine Fragen und hielt mich bewusst aus ihrem häuslichen Leben und den Dingen, die ich gern gewusst hätte, heraus; stattdessen ergoss ich meinen ganzen Wissensschatz über die Bauwerke vor uns und um uns herum in ihre Ohren und erzählte ihr auch von Florenz und Rom, wobei ich mich über den Reiz und die Vorzüge des Reisens ausließ. Während dessen saß sie zurückgelehnt in dem tiefen Lederkissen, hörte aufmerksam zu und wandte geflissentlich ihren Blick allem zu, worauf ich sie hinwies, und erst geraume Zeit später gestattete sie sich die Bemerkung, dass sie Florenz eigentlich besser kennen müsste als ich, da sie jahrelang mit ihrer Verwandten dort gelebt habe. Schließlich sagte sie mit der scheuen Ungeduld eines Kindes: »Fahren wir denn gar nicht zur Piazza? Ich möchte sie so gerne sehen.« Unverzüglich gab ich Anweisung, auf direktem Weg dorthin zu fahren, und dann saßen wir schweigend da und warteten auf das Erreichen unseres Ziels. Nach einer Weile der Stille brach es jedoch aus ihr heraus: »Ich habe herausgefunden, was es mit meiner Tante auf sich hat: Sie befürchtet, Sie könnten fortgehen!«

Ich schnappte nach Luft. »Was hat sie auf diese Idee gebracht?«

»Sie hat sich vorgestellt, Sie hätten sich bei uns nicht wohl gefühlt. Darum verhält sie sich jetzt anders.«

»Sie meinen, sie möchte dafür sorgen, dass ich mich wohler fühle?«

»Na ja, sie möchte nicht, dass Sie fortgehen. Sie möchte, dass Sie hier bleiben.«

»Ich nehme an, Sie sagen das wegen der Miete«, bemerkte ich freimütig.

Das bestärkte Miss Tina sogar in ihrer Offenherzigkeit. »Ja, wie Sie wissen, soll ich doch mehr bekommen.«

»Über wie viel sollten Sie nach ihrer Meinung denn verfügen?« fragte ich mit all der Fröhlichkeit, die ich jetzt empfand. »Sie sollte die Summe genau festlegen, damit ich solange bleiben kann, bis sie erreicht ist.«

»Oh nein, das würde mir überhaupt nicht gefallen«, sagte Miss Tina. Es wäre unerhört, wenn Sie eine solche Verpflichtung auf sich nehmen müssten.«

»Aber wenn Sie davon ausgehen, ich hätte meine Gründe, so lange in Venedig zu bleiben?«

»Dann wäre es besser für Sie, in einem anderen Haus zu wohnen.«

»Und was würde Ihre Tante dazu sagen?«

»Das würde ihr überhaupt nicht gefallen. Aber eigentlich denke ich, Sie täten gut daran, Ihre Gründe aufzugeben und von hier wegzugehen.«

»Liebe Miss Tina«, sagte ich, »es ist nicht so leicht, meine Gründe aufzugeben!«

Sie antwortete nicht sofort darauf, doch nach einer Weile brach es erneut aus ihr heraus: »Ich glaube, ich kenne Ihre Gründe!«

»Ich wage zu behaupten, weil ich Ihnen neulich Abend anvertraut habe, wie sehr ich mir Ihre Hilfe wünschte, um meine Pläne zum Erfolg zu führen.«

»Ich kann das nur, wenn ich meiner Tante gegenüber falsches Spiel spiele.«

»Was wollen Sie damit sagen, mit ihr falsches Spiel spielen?«

»Weil sie niemals mit dem einverstanden wäre, was Sie von ihr wollen. Sie ist schon so oft gefragt worden, man hat ihr schon oft geschrieben. Es macht sie entsetzlich ärgerlich.«

»Dann besitzt sie tatsächlich wertvolle Papiere?« rief ich voreilig aus.

»Aber ja, sie hat alles!« seufzte Miss Tina und wirkte dabei seltsam erschöpft, ganz plötzlich schlug ihre Stimmung ins Düstere um.

Diese Worte ließen mein Herz höher schlagen, denn ich betrachtete sie als kostbaren Beweis. Sie hatten mich zu tief berührt, als dass ich hätte sprechen können, und in der Zwischenzeit war die Gondel bei der Piazzetta angekommen. Nachdem wir ausgestiegen waren, fragte ich meine Begleiterin, ob sie lieber um den Platz herumspazieren oder direkt zu dem großen Café gehen und sich dort niedersetzen wolle. Darauf erwiderte sie, sie wolle das tun, was mir das Liebste wäre – ich solle nur daran denken, wie wenig Zeit sie habe. Ich versicherte ihr, wir hätten genug Zeit für beides, und so begaben wir uns auf den langen Weg unter den Arkaden entlang. Beim Anblick der prachtvollen Schaufenster kehrten ihre Lebensgeister zurück, und abwechselnd schlenderte sie ein wenig und hielt dann an, bewunderte die Auslagen oder tadelte etwas, fragte mich nach meiner Meinung über bestimmte Dinge und spekulierte über die Preise. Meine Aufmerksamkeit wanderte von ihr weg; ihre Worte von vorhin »Aber ja, sie hat alles!« hallten so stark in meinen Gedanken nach. Schließlich ließen wir uns in dem dichtbesetzten Rund des Café Florian nieder, nachdem wir einen freien Tisch gefunden hatten, der auf den Platz hinausging. Es war ein herrlicher Abend, und alle Welt war auf den Beinen; Miss Tina hätte sich für ihre Rückkehr ins Gesellschaftsleben keine glücklichere Konstellation der Elemente wünschen können. Ich merkte, dass sie alles noch tiefer empfand, als sie aussprach, doch der Eindrücke waren fast zu viele für sie. Sie hatte vergessen, wie anziehend die Welt war, und musste nun feststellen, dass sie während der besten Jahre ihres Lebens recht gnadenlos darum betrogen worden war. Es machte sie nicht ärgerlich, doch als sie die bezaubernde Szenerie in sich aufnahm, zeigte sich auf ihrem Gesicht, trotz eines wohlwollenden Lächelns, eine Spur von Überraschung, die etwas Verwundetes hatte. Sie sprach kein Wort, war ganz versunken in dem Gefühl der für immer verpassten Gelegenheiten, die doch so leicht für sie erreichbar gewesen wären; und diesen Augenblick nutzte ich, um zu ihr zu sagen: »Meinten Sie vorhin, dass Ihre Tante einen Plan hegt, mich zum Bleiben zu bewegen, indem sie mir gelegentlich den Besuch bei ihr gestattet?«

»Sie meint, Sie würden sich wohler fühlen, wenn Sie sie hin und wieder aufsuchen dürften. Sie wünscht sich so sehr, dass Sie hier bleiben, darum ist sie zu diesem Zugeständnis bereit.«

»Und was soll es ihrer Meinung nach Gutes für mich bewirken, wenn ich sie aufsuchen darf?«

»Das weiß ich nicht; es muss interessant sein«, sagte Miss Tina ganz schlicht. »Sie haben ihr gesagt, dass Sie es so empfänden.«

»Ja, das stimmt, aber nicht jeder denkt so.«

»Nein, natürlich nicht, sonst würden ja mehr Leute es versuchen.«

»Nun gut, wenn Sie zu einer solchen Überlegung in der Lage ist, dann wird sie auch zu der folgenden imstande sein«, fuhr ich fort. »Nämlich, dass ich einen speziellen Grund haben muss, es nicht so zu machen wie die anderen, trotz des Interesses, das sie erweckt – sie also nicht zu verlassen.« Miss Tina schaute drein, als wollte es ihr nicht gelingen, diesen recht komplizierten Gedankengang zu erfassen; daher fuhr ich fort: »Wenn Sie ihr nicht erzählt haben, was ich neulich Abend zu Ihnen gesagt habe, könnte sie es nicht zumindest erraten haben?«

»Ich weiß es nicht – sie ist sehr misstrauisch.«

»Aber das ist sie doch nicht durch zudringliche Neugier, durch Nachstellungen geworden?«

»Nein, nein; das ist es nicht«, sagte Miss Tina und

wandte mir ihr beunruhigtes Gesicht zu. »Ich weiß nicht, wie ich es sagen soll; es ist wegen etwas – vor ewig langer Zeit, noch bevor ich geboren wurde – in ihrem Leben.«

»Etwas? Was für ein Etwas?« Und diese Frage klang so, als hätte ich nicht die geringste Ahnung.

»Das hat sie mir leider nie erzählt.« Ich war sicher, dass meine Freundin die Wahrheit sagte.

Ihre extreme Freimütigkeit hatte fast etwas Provozierendes, und es kam mir in diesem Augenblick so vor, als hätte ich das Zusammensein mit ihr zufriedenstellender gefunden, wenn sie weniger offenherzig gewesen wäre. »Vermuten Sie, dass es etwas ist, das mit Jeffrey Asperns Briefen und Schriften – ich spreche von den Dingen, die sich in ihrem Besitz befinden – zu tun hat?«

»Davon bin ich überzeugt!« rief meine Begleiterin aus, als wäre dies eine besonders glückliche Eingebung. »Ich habe noch nie einen Blick auf eines dieser Dinge geworfen.«

»Nicht auf eines? Woher wissen Sie dann, worum es sich handelt?«

»Das weiß ich eben nicht«, sagte Miss Tina seelenruhig. »Ich habe nie etwas davon in den Händen gehalten. Aber ich habe die Dinge gesehen, wenn sie sie herausgeholt hat.«

»Hat sie sie oft herausgeholt?«

»In letzter Zeit nicht, aber früher häufiger. Sie bedeuten ihr sehr viel.«

»Obwohl sie kompromittierend sind?«

»Kompromittierend?« wiederholte Miss Tina, als wüsste sie nicht genau, was das Wort bedeutete. Ich fühlte mich fast wie jemand, der die Unschuld der Jugend verdirbt.

»Ich spiele darauf an, dass sie schmerzliche Erinnerungen enthalten.«

»Oh nein, ich glaube nicht, dass irgendetwas daran schmerzlich ist.«

»Sie meinen, es gibt nichts, was ihrem Ruf schaden könnte?«

Hierauf nahm das Gesicht von Miss Bordereaus Nichte einen noch seltsameren Ausdruck als gewöhnlich an – ein Eingeständnis von Hilflosigkeit, wie mir schien, ein Appell an mich, gerecht und großzügig mit ihr umzugehen. Ich hatte sie auf die Piazza mitgenommen, sie reizvollen Einflüssen ausgesetzt, ihr eine Aufmerksamkeit gewidmet, die sie zu schätzen wusste, und nun sollte sich dies alles als ein Bestechungsversuch erweisen – eine Bestechung, mit der ich sie dazu bringen wollte, sich in bestimmter Weise gegen ihre Tante zu wenden. Sie war von Natur aus nachgiebig und bereit, fast alles für einen Menschen zu tun, der sich ihr gegenüber als besonders freundlich erwies, doch die größte Freundlichkeit wäre, gerade diese Bereitschaft nicht allzu sehr auszunutzen. Es war recht merkwürdig, wie ich im Nachhinein dachte, dass sie mir den Mangel an Respekt gegenüber dem Charakter ihrer Tante nicht im Geringsten zu verübeln schien, was von denkbar schlechtestem Geschmack gezeugt haben würde, wenn etwas weniger Lebensnotwendiges – zumindest aus meiner Sicht – auf dem Spiel gestanden hätte. Ich glaube nicht, dass sie das ermessen konnte. »Sind Sie der Meinung, sie habe irgendetwas Schlimmes getan?« fragte sie einen Moment später.

»Um Himmels willen, niemals würde ich so etwas behaupten, und es geht mich auch nichts an. Und sollte sie es je getan haben«, sagte ich in einlenkendem Ton, »dann war es zu anderen Zeiten, in einer anderen Welt. Aber warum sollte sie die Papiere nicht vernichten?«

»Dafür liebt sie sie zu sehr.«

»Auch jetzt noch, wo sie doch ihrem Ende entgegengeht?«

»Wenn sie sich dessen sicher ist, vielleicht tut sie es dann.«

»Genau das ist es, Miss Tina«, sagte ich, »was Sie verhindern müssen, das wäre meine Bitte.«

»Wie kann ich das verhindern?«

»Können Sie die Papiere nicht bei ihr herausholen?«

»Und sie dann Ihnen geben?«

Oberflächlich betrachtet traf dies die Sachlage mit scharfer Ironie, doch ich war sicher, dass sie dies nicht beabsichtigt hatte. »Ich wollte sagen, dass Sie mich einen Blick darauf werfen lassen könnten und ich sie kurz durchsehe. Es ist nicht um meinetwillen, oder dass ich sie um jeden Preis für jemand anders haben wollte. Es geht einfach darum, dass sie von so ungeheurem Interesse für die Öffentlichkeit wären, von so unschätzbarer Bedeutung als Beitrag zu Jeffrey Asperns Geschichte.«

Sie hörte mir in ihrer üblichen Art zu, als würde sie mit Sachverhalten überschüttet, von denen sie noch nie gehört hatte, und ich fühlte mich fast so niederträchtig wie ein Zeitungsreporter, der sich den Zugang zu einem Trauerhaus erzwingt. Dieses Gefühl verstärkte sich noch, als sie mit klarer Stimme sagte: »Vor einiger Zeit hat ein Herr an sie geschrieben, der ganz ähnliche Worte gebrauchte. Auch er wollte ihre Papiere haben.«

»Und hat sie ihm geantwortet?« fragte ich und war ein wenig beschämt, ihr nicht mit derselben Aufrichtigkeit wie mein Freund begegnet zu sein.

»Erst nachdem er zwei- oder dreimal geschrieben hatte. Sie war sehr böse auf ihn.«

»Und was hat sie gesagt?«

»Sie hat ihn einen Teufel genannt«, antwortete Miss Tina kategorisch.

»Hat sie diesen Ausdruck in ihrem Brief verwendet?«

»Aber nein; sie hat es zu mir gesagt. Sie gab mir den Auftrag, ihm zu schreiben.«

»Und was haben Sie geschrieben?«

»Ich erklärte ihm, dass es überhaupt keine Papiere gäbe.«

»Der arme Mann!« brachte ich mit gepresster Stimme hervor.

»Ich wusste zwar, dass es welche gab, doch ich schrieb ihm so, wie sie es mir aufgetragen hatte.«

»Natürlich, so mussten sie es machen. Aber ich hoffe, dass ich nicht auch für einen Teufel gehalten werde.«

»Das hängt davon ab, was Sie noch alles von mir verlangen«, sagte meine Begleiterin mit einem Lächeln.

»Oh je, wenn die Gefahr besteht, dass auch Sie so über mich denken, dann steht es schlecht um meine Chancen! Ich würde Sie niemals darum bitten, für mich zu stehlen oder gar zu schwindeln – Sie können nämlich gar nicht schwindeln, höchstens auf Papier. Das Wichtigste von allem aber ist, Ihre Tante daran zu hindern, die Papiere zu vernichten.«

»Wie soll das gehen, ich habe keinen Einblick in ihre Angelegenheiten«, sagte Miss Tina. »Sie hingegen hat Kontrolle über mich.«

»Aber sie hat keine Kontrolle über ihre eigenen Arme und Beine, nicht wahr? Wahrscheinlich würde sie die Briefe doch verbrennen, das schiene mir die naheliegendste Art der Vernichtung. Doch ohne Feuer kann sie sie nicht verbrennen, und sie kommt an Feuer nicht heran, wenn Sie es ihr nicht geben.«

»Ich habe immer alles getan, was sie von mir verlangt hat«, machte meine Freundin geltend. »Außerdem ist noch Olimpia da.«

Ich war drauf und dran zu sagen, dass Olimpia wahrscheinlich bestechlich sei, hielt es dann aber für besser, nicht einen solchen Ton anzuschlagen. Darum beschränkte ich mich auf die Bemerkung, dass man mit diesem schwachen Geschöpf doch wohl umzugehen wisse.

»Meine Tante versteht es, sich jeden gefügig zu machen«, sagte Miss Tina. Und dann fiel ihr ein, dass ihre Freizeit nun zu Ende sei und sie nach Hause gehen müsse.

Über den Tisch hinweg legte ich meine Hand auf ihren Arm, um sie noch einen Moment zum Bleiben zu bewegen. »Was ich von Ihnen möchte, ist das Versprechen, mir zu helfen.«

»Aber wie kann ich das, wie soll ich das machen?« fragte sie erstaunt und verwirrt zugleich. Sie war halb überrascht, halb erschrocken, dass ich ihr eine solche Wichtigkeit beimaß, indem ich sie um Unterstützung bat.

»Das Allerwichtigste ist: unsere Freundin sorgsam zu beobachten und mich rechtzeitig zu warnen, bevor sie diesen schandbaren Frevel begeht.«

»Ich kann sie nicht beobachten, wenn sie mich zum Ausgehen zwingt.«

»Da haben Sie Recht.«

»Und wenn Sie das Gleiche tun.«

»Gnade uns Gott – glauben Sie, sie hat es schon heute Nacht getan?«

»Ich weiß es nicht. Sie ist äußerst gerissen.«

»Wollen Sie mir Angst einjagen?« fragte ich.

Ich fand diese Frage ausreichend beantwortet, als meine Begleiterin nachdenklich, fast eifersüchtig murmelte: »Aber sie liebt sie doch – sie liebt sie!«

Dieser mit so viel Nachdruck wiederholte Gedanke war für mich sehr tröstlich; doch um noch mehr von diesem Seelenbalsam zu erhalten, sagte ich: »Sollte sie nicht die Absicht haben, die in Frage stehenden Dinge vor ihrem Tod zu vernichten, so wird sie doch wohl in ihrem Testament eine Verfügung darüber getroffen haben.«

»In ihrem Testament?«

»Hat sie kein Testament zu Ihren Gunsten gemacht?«

»Wozu, sie hat doch kaum etwas zu hinterlassen. Darum liegt ihr so viel am Geld«, sagte Miss Tina.

»Darf ich fragen, da wir schon über solche Dinge sprechen, wovon Sie und Ihre Tante leben?«

»Von etwas Geld, das aus Amerika kommt, von einem Herrn – ich glaube einem Rechtsanwalt – in New York. Er schickt es jedes Vierteljahr. Es ist nicht viel!«

»Und über diesen Betrag hat sie nichts verfügt?«

Meine Begleiterin zögerte – ich sah, wie sie errötete. »Ich vermute, dass es mir gehört«, sagte sie; und dabei verrieten ihr Blick und ihre Stimme, dass es ihr vollständig fremd war, an sich selbst zu denken, und in diesem Augenblick kam sie mir geradezu reizend vor. Gleich darauf fügte sie hinzu: »Aber einmal, es ist schon ewig lange her, war ein *avvocato* bei ihr. Und dann kamen ein paar Leute und unterschrieben irgendetwas.«

»Wahrscheinlich waren das Zeugen. Und Sie mussten nicht unterschreiben? Dann ist es wohl so«, folgerte ich schnell und zuversichtlich, »dass Sie die Begünstigte waren. Sie muss all ihre Dokumente Ihnen vermacht haben!«

»Wenn sie das getan hat, dann mit striktesten Auflagen«, antwortete Miss Tina, während sie sich eilig erhob, sodass die Bewegung ihren Worten etwas Entschiedenes verlieh. Sie schienen zu beinhalten, dass das Vermächtnis sicherlich mit einer Klausel versehen sein würde, dass die hinterlassenen Gegenstände vor jedem zudringlichen Blick verschlossen gehalten werden müssten und dass ich völlig falsch läge, wenn ich sie für die Frau hielte, die von einem so unbedingten Verbot je abwiche.

»Aber natürlich werden Sie den Bedingungen Folge leisten müssen«, sagte ich; sie gab nichts von sich, was die Striktheit dieser Folgerung gemildert hätte. Wider alle Erwartung sagte sie später, kurz bevor wir bei ihrer Haustür anlegten, nachdem sich die Rückfahrt in fast völligem Schweigen vollzogen hatte – und es kam ganz unvermittelt: »Ich werde tun, was ich kann, um Ihnen zu helfen.« Für diese Worte war ich dankbar – soweit war alles bestens gelaufen; es hielt mich jedoch nicht davon ab, noch in derselben Nacht in einer schlaflosen

Stunde voller Unruhe noch einmal daran zu denken, dass ich es nun aus ihrem eigenen Mund gehört hatte und sich damit mein Eindruck verstärkte, dass die alte Frau höchst durchtrieben war.

VII

Meine Befürchtungen, zu welchen Handlungen diese Seite ihres Charakters sie verleitet haben mochte, beunruhigten mich noch Tage später. Ich wartete auf eine Andeutung von Miss Tina; ich sah es geradezu als ihre Pflicht an, mich auf dem Laufenden zu halten, mich unzweifelhaft wissen zu lassen, ob Miss Bordereau ihre Schätze geopfert hatte oder nicht. Da sie keinerlei Lebenszeichen von sich gab, verlor ich die Geduld und beschloss, der Sache selbst nachzugehen und sie in Augenschein zu nehmen. An einem Spätnachmittag ließ ich anfragen, ob ich den Damen einen Besuch abstatten dürfte, und mein Diener kam mit einer überraschenden Nachricht zurück. Miss Bordereau könne ohne die geringsten Schwierigkeiten aufgesucht werden, sie sei in den Empfangssaal hinausgefahren worden und säße nun am Fenster, von dem aus man den Garten übersah. Ich ging hinunter und fand diese Beschreibung zutreffend; die alte Dame war in ihrem Rollstuhl in die Welt hinausgeschoben worden und erweckte den Anschein, was wohl vor allem von den etwas helleren Elementen in ihrer Kleidung herrührte, als sei sie erneut bereit, mit ihr in Kontakt zu treten. Doch noch hatte die Welt sich nicht um sie geschart; sie war vollkommen allein, und obwohl die Tür offen stand, konnte ich Miss Tina zunächst nicht entdecken. Über dem Fenster, an dem sie saß, lag der nachmittägliche Schatten, und da man einen Fensterladen aufgeschlagen hatte, konnte sie in den herrlichen Garten hinausschauen, in dem die Sommersonne zu dieser Zeit schon allzu viele Pflanzen hatte vertrocknen lassen, und sie konnte das Sonnenlicht und die langen Schatten sehen.

»Sind Sie gekommen, um mir zu sagen, dass Sie die Zimmer für weitere sechs Monate mieten möchten?« fragte sie, als ich auf sie zuging, und die Grobheit, mit der sie ihre Habgier vorbrachte, bestürzte mich so sehr, als hätte sie mir nicht schon einmal eine Kostprobe davon gegeben. Julianas Bestreben, unsere Bekanntschaft gewinnbringend zu nutzen, brachte, wie ich bereits hinreichend ausgeführt habe, einen falschen Ton in mein Bild von jener Frau, die einen großen Dichter zu unsterblichen Versen inspiriert hatte; doch kann ich hier mit aller Entschiedenheit sagen, dass ich trotz allem bereit war, sie mit größter Nachsicht zu behandeln. Schließlich war ich es gewesen, der die unheilige Flamme entzündet hatte; ich selbst hatte ihr in den Kopf gesetzt, dass sie über die Möglichkeiten verfüge, zu Geld zu kommen. Sie hatte offenbar niemals darüber nachgedacht; sie hatte jahrelang verschwenderisch in einem Haus gelebt, das fünfmal zu groß für sie war, in Lebensumständen, die ich mir nur dadurch erklären konnte, dass die ungeheure Raumfülle, die ihr zur Verfügung stand, vermutlich so gut wie nichts kostete und dass ihre Einkünfte, wie klein sie auch sein mochten, ihr für venezianische Verhältnisse doch einen annehmbaren Spielraum ließen. Und eines Tages hatte ich sie überfallen und ihr das Rechnen beigebracht, und meine recht seltsame Komödie bezüglich des Gartens hatte mich unverkennbar im Licht eines Opfers erscheinen lassen. Wie alle Menschen, denen das Wunder gelingt, noch spät im Leben ihre Ansichten zu ändern, war sie gründlich bekehrt worden; sie hatte meinen Hinweis mit verzweifeltem, zittrigem Griff aufgenommen.

Ich nahm mir die Freiheit, mir einen der Stühle zu holen, die in einiger Entfernung an der Wand standen – sie hatte keinen Gedanken daran verschwendet, ob ich sitzen oder stehen sollte; und indem ich den Stuhl vor ihr absetzte, begann ich fröhlich: »Verehrte, liebe Dame, was haben Sie für eine Vorstellung, zu welchem Höhenflug lassen Sie sich hinreißen! Ich bin ein armer Teufel von einem Literaten, der von der Hand in den Mund lebt. Wie sollte ich mir Paläste für ein ganzes Jahr leisten? Meine Existenz ist völlig ungesichert. Ich weiß nicht einmal, ob ich in sechs Monaten noch etwas zu Beißen haben werde. Einmal habe ich mir diesen Genuss gegönnt; es war ein enormer Luxus. Doch wenn es darum geht, dies fortzusetzen …!«

»Sind Ihnen die Räume zu teuer? Wenn es so ist, können sie für das gleiche Geld mehr bekommen«, antwortete Juliana. »Wir können uns arrangieren, wir können *combinare*, wie man hier sagt.«

»Nun ja, wenn Sie mich schon fragen, sie sind zu teuer, viel zu teuer«, sagte ich. »Offenbar halten Sie mich für reicher, als ich bin.«

Sie sah mich an, als blickte sie von ihrem Höhleneingang aus zu mir herüber. »Verkaufen Sie die Bücher, die Sie schreiben, nicht?«

»Sie meinen, ob die Leute sie nicht kaufen? Wenige, sehr wenige – nicht so viele, wie ich mir wünschte. Bücher schreiben ist, es sei denn, man ist ein großes Genie – und selbst dann! – der ungeeignetste Weg, um reich zu werden. Ich denke, mit guten Büchern ist kein Geld mehr zu verdienen.«

»Vielleicht suchen Sie sich keine erfreulichen Themen aus? Worüber schreiben Sie?« fuhr Miss Bordereau unbeirrt fort.

»Über die Bücher anderer Leute. Ich bin Kritiker, Kommentator, in gewisser Weise auch Historiker.« Ich war gespannt, worauf sie hinaus wollte.

»Und welche anderen Leute sind das?«

»Oh, bessere als ich: die großen Schriftsteller vor allem – die großen Philosophen und Dichter der Vergangenheit; diejenigen, die lange tot sind und nicht mehr für sich selbst sprechen können, die Ärmsten.«

»Und was schreiben Sie über sie?«

»Ich schreibe, dass sie sich manchmal mit sehr klugen Frauen verbunden haben!« erwiderte ich wie zum Scherz. Ich hatte mein Risiko sehr wohl abgewogen, wie ich dachte, doch als meine Worte die Luft durchschnitten, kamen sie mir doch sehr unvorsichtig vor. Nun hatte ich sie aber vom Stapel gelassen, und es tat mir nicht Leid darum, denn vielleicht war die alte Frau nun doch zum Verhandeln bereit. Es war einigermaßen offensichtlich, dass sie mein Geheimnis kannte; warum also den Prozess noch in die Länge ziehen? Doch sie nahm meine Worte nicht als Eingeständnis; sie fragte nur: »Halten Sie es für richtig, in der Vergangenheit herumzustöbern?«

»Ich verstehe nicht recht, was sie mit herumstöbern meinen. Wie können wir an sie herankommen, wenn wir nicht ein wenig graben? Die Gegenwart hat eine so grobe Art, darauf herumzutrampeln.«

»Oh, ich mag die Vergangenheit, aber ich mag keine Kritiker«, erklärte meine Gastgeberin in ihrer harten Selbstgefälligkeit.

»Ich auch nicht, aber ich schätze ihre Entdeckungen.«

»Sind das nicht meistens Lügen?«

»Was sie manchmal entdecken, das sind die Lügen«, sagte ich und lächelte über die stille Unverfrorenheit meiner Bemerkung. »Oft decken sie die Wahrheit auf.«

»Die Wahrheit steht Gott zu, nicht den Menschen; wir sollten lieber die Finger davon lassen. Wer kann darüber urteilen? Wer vermag es zu sagen?«

»Wir tappen schrecklich im Dunklen, ich weiß«, räumte ich ein; »aber wenn wir uns nicht weiter bemühen, was wird dann aus all den wunderbaren Dingen? Was wird aus den Werken, von denen ich eben gesprochen habe, den Werken der großen Philosophen und Dichter? Es sind alles nur leere Worte, wenn es nichts gibt, woran man sie messen kann.«

»Sie reden, als wären Sie ein Schneider«, sagte Miss Bordereau belustigt; dann fügte sie schnell und in einer anderen Tonlage hinzu: »Dieses Haus ist äußerst angenehm; es hat wundervolle Proportionen. Heute wollte ich mir diesen Teil noch einmal ansehen. Ich habe mich hier herausbringen lassen. Als Ihr Diener gerade in dem Augenblick kam, um zu fragen, ob ich Sie empfangen würde, wollte ich soeben nach Ihnen schicken, um Sie zu fragen, ob Sie nicht noch länger hier wohnen wollten.

Ich wollte mir ein Bild davon machen, was ich Ihnen zur Benutzung überlasse. Diese *sala* ist wirklich prachtvoll«, fuhr sie fort wie ein Auktionator und bewegte dabei, wie ich zu spüren meinte, ein wenig ihre unsichtbaren Augen. »Ich glaube kaum, dass Sie schon oft in einem solchen Haus gelebt haben, oder?«

»Das kann ich mir nicht leisten!« sagte ich.

»Nun gut, wie viel würden Sie mir für sechs Monate bieten?«

Beinahe hätte ich ausgerufen – und der gepeinigte Ausdruck in meinem Gesicht hätte verraten, dass es mir um ein moralisches Anliegen ging – »Tun Sie es nicht, Juliana, um seinetwillen, tun Sie es nicht!« Aber ich hielt mich unter Kontrolle und fragte weniger leidenschaftlich: »Warum sollte ich so lange bleiben?«

»Ich dachte, es gefiele Ihnen hier«, sagte Miss Bordereau mit der ganzen Würde ihrer Runzeln.

»Ja, das dachte ich auch.«

Einen Moment lang sagte sie nichts mehr, und ich ließ meine Worte auf sie wirken, wie immer sie sie verstehen mochte. Es wäre für mich nicht unerwartet gewesen, wenn sie mir nun in aller Kälte geantwortet hätte, dass wir das Gespräch nicht weiter fortzusetzen brauchten, wenn ich so enttäuscht wäre, und das, obgleich ich nun überzeugt war, dass sie eine Erkenntnis gefasst hatte – wie auch immer die in ihren Kopf gekommen war –, die ihr vermittelt haben musste, dass meine Enttäuschung ganz verständlich war. Doch zu meiner größten Überraschung schloss sie mit der Bemerkung: »Wenn Sie der Meinung sind, wir hätten Sie nicht gut genug behandelt, können wir vielleicht einen

Weg finden, Sie besser zu behandeln.« Diese Äußerung erschien mir so widersinnig, dass ich erneut lachen musste, und ich entschuldigte mich, indem ich zu ihr sagte, dass sie zu mir spräche, als wäre ich ein schmollender Schuljunge, der beleidigt in der Ecke säße und wieder in Laune gebracht werden müsste. Es gäbe nicht den geringsten Grund, mich zu beklagen; und könnte irgendetwas Miss Tinas Großzügigkeit übersteigen, mich zur Piazza zu begleiten, wie wenige Abende zuvor geschehen? Darauf erwiderte die alte Frau: »Ja gut, das haben Sie selbst vorgeschlagen!« Und dann in einem veränderten Ton: »Sie ist ein sehr, sehr feines Mädchen.« Dieser Bemerkung stimmte ich von Herzen zu, und sie gab der Hoffnung Ausdruck, dass ich dies nicht nur aus Höflichkeit sagte, sondern dass ich sie wirklich mochte. Mittlerweile fragte ich mich mit wachsender Verwunderung, worauf Miss Bordereau wohl hinauswollte. »Außer mir«, sagte sie, »besitzt sie heute keinen einzigen Verwandten mehr auf der Welt.« Wollte sie mir etwa ihre Nichte, indem sie sie mir als liebenswert und ungebunden darstellte, als eine gute Partie vor Augen führen?

Es war völlig zutreffend, dass ich es mir nicht mehr leisten konnte, weiterhin Zimmer zu einem Wahnsinnspreis zu bewohnen, und dass ich für mein Unternehmen bereits fast das gesamte Geld ausgegeben hatte, das ich dafür beiseite gelegt hatte. Meine Geduld und meine Zeit waren keineswegs erschöpft, aber ich wollte sie nur noch in dem Maße einsetzen, wie es für ein Leben in Venedig üblicherweise nötig war. Ich war bereit, der mir so kostbaren Person, mit der ich in pekuniären Dingen so wenig übereinstimmte, doppelt so viel zu bezahlen, wie jede andere *padrona di casa* von mir gefordert hätte, aber ich war nicht bereit, ihr das Zwanzigfache zu bezahlen. Dies sagte ich ihr geradeheraus, und meine Offenheit blieb nicht ohne Erfolg, denn sie rief aus: »Sehr gut; Sie haben getan, worum ich Sie gebeten hatte, Sie haben ein Angebot gemacht!«

»Ja, aber nicht für ein halbes Jahr, sondern nur für einen Monat.«

»Ach so, dann muss ich darüber nachdenken.« Sie schien enttäuscht, dass ich mich nicht für einen längeren Zeitraum festlegen wollte, und ich vermutete, dass sie mich sowohl in Sicherheit wiegen wie auch entmutigen wollte; dass sie gern mit Strenge vorgebracht hätte: »Bilden Sie sich etwa ein, Sie könnten mit weniger als sechs Monaten davonkommen? Bilden Sie sich ein, dass Sie etwa nach Ablauf dieser Zeit Ihrem Sieg auch nur einen Schritt näher gekommen sein werden?« Mir ging immer wieder durch den Kopf, dass sie sich vielleicht einen Spaß daraus machte, mich mit Hinterlist dazu zu bringen, dass ich eine Verpflichtung einging, obwohl sie in Wirklichkeit ihren Schatz längst geopfert hatte. Irgendwann war meine Anspannung, diesen Punkt betreffend, so unerträglich geworden, dass ich beinahe mit der Frage herausgeplatzt wäre, und das Einzige, was mich davon zurückhielt, war ein instinktives Zurückschrecken – um auf keinen Fall einen Fehler zu begehen – vor der letzten gewaltsamen Preisgabe meiner selbst. Sie war eine so raffinierte alte Hexe, dass man niemals sagen konnte, wo man gerade mit ihr stand. Sie können sich vorstellen, dass es kaum zur Lösung des

Rätsels beitrug, als sie, kaum dass sie mir versichert hatte, sie werde über meinen Vorschlag nachdenken, ohne irgendeine ersichtliche Überleitung mit zögerlicher Handbewegung einen kleinen Gegenstand aus ihrer Tasche zog, der in zerknittertes weißes Papier eingewickelt war. Einen Moment lang behielt sie ihn in der Hand und ergriff dann wieder das Wort: »Verstehen Sie etwas von Raritäten?«

»Von Raritäten?«

»Von Antiquitäten, dem alten Plunder, für den die Leute heutzutage so viel Geld bezahlen. Wissen Sie etwas über die Preise, die man heute dafür zahlt?«

Ich glaubte zu wissen, was nun käme, sagte aber in aller Unbefangenheit: »Beabsichtigen Sie etwas zu kaufen?«

»Nein, ich möchte etwas verkaufen. Wieviel würde ein Kunstliebhaber mir dafür geben?« Sie faltete das weiße Papier auseinander und bedeutete mir mit einer Geste, aus ihrer Hand ein kleines ovales Porträt entgegenzunehmen. Als ich es ergriff, konnte ich nur hoffen, dass meine Finger nicht verrieten, wie sehr sie danach gierten, und sie fügte noch hinzu: »Ich würde mich nur für einen guten Preis davon trennen.«

Auf den ersten Blick erkannte ich Jeffrey Aspern, und ich war mir wohl bewusst, dass ich im selben Augenblick errötete. Da sie mich jedoch beobachtete, behielt ich meine Geistesgegenwart und rief: »Welch ein bemerkenswertes Gesicht! Sagen Sie mir doch, wer das ist.«

»Es ist ein alter Freund von mir, zu seiner Zeit ein sehr bekannter Mann. Er hat es mir selbst geschenkt, doch ich scheue mich, seinen Namen zu nennen, denn

Sie könnten schon von ihm gehört haben, da Sie ja Kritiker und Historiker sind. Ich weiß, die Welt dreht sich schnell weiter und eine Generation vergisst die vorherige. In meiner Jugend war er sehr in Mode.«

Vielleicht war sie erstaunt über die Sicherheit meines Auftretens, aber ich war überrascht über ihre Selbstgewissheit; über das Maß an Kraft, das sie in ihrem Gesundheitszustand und ihrem hohen Alter aufbrachte, mit mir zu ihrem eigenen Vergnügen einen solchen Spott zu treiben – und dazu aufgelegt zu sein, mich auf die Probe zu stellen, mich auszunutzen und zum Narren zu halten. So zumindest lautete meine Erklärung dafür, dass sie mir das Erinnerungsstück vorführte, denn ich konnte nicht glauben, dass sie es wirklich verkaufen wollte oder an irgendeiner Information von meiner Seite interessiert war. Ihre Absicht war, es mir verlockend vor Augen zu führen und dann einen Preis zu nennen, der es unerreichbar machte. »Das Gesicht kommt mir bekannt vor, aber ich kann beim besten Willen nicht darauf kommen«, sagte ich und wendete das Bild nach allen Seiten, während ich es sehr genau betrachtete. Es war ein sorgfältig gearbeitetes, aber kein überragendes Kunstwerk, größer im Format als die üblichen Miniaturen, und es zeigte einen jungen Mann mit einem bemerkenswert schönen Gesicht in einem grünen Mantel mit hohem Kragen und einer lederbraunen Weste. Ich spürte in dem kleinen Bildnis eine unverkennbare Ähnlichkeit und schätzte, dass der Dargestellte zum Zeitpunkt des Malens etwa fünfundzwanzig Jahre alt gewesen sein muss. Es existieren, wie alle Welt weiß, drei weitere Porträts des Dichters, doch keines aus so jungen Jahren wie dieses fein gemalte Bild. »Ich habe ihn nie in natura gesehen, es ist eindeutig ein Mann aus einem vergangenen Jahrhundert, aber ich habe andere Darstellungen von diesem Gesicht gesehen«, fuhr ich fort. »Sie haben Zweifel bekundet, ob die heutige Generation wohl von diesem Mann gehört habe, doch mir ist sonnenklar, dass er eine Berühmtheit sein muss. Aber wer ist er nur? Ich kann ihn nicht einordnen – ich kann ihn nicht mit Namen nennen. War er ein Schriftsteller? Sicherlich ist er ein Dichter.« Für mich stand fest, dass sie als Erste den Namen Jeffrey Aspern aussprechen sollte, nicht ich.

Diesen Entschluss hatte ich in Unkenntnis von Miss Bordereaus äußerst resolutem Charakter gefasst, doch für meine Ohren formten ihre Lippen niemals jene Silben, die ihr so viel bedeuteten. Sie schenkte meiner Frage keinerlei Beachtung, sondern hob ihre Hand, um das Bild wieder an sich zu nehmen, und dabei bediente sie sich einer Geste, die trotz ihrer Kraftlosigkeit in hohem Maße gebieterisch war. »Nur jemand, der dies von sich aus wüsste, würde mir den geforderten Preis bezahlen«, sagte sie mit einer gewissen Nüchternheit.

»Ach so, dann haben Sie also eine Vorstellung von dem Preis?« sagte ich, gab ihr aber das hübsche kleine Bild nicht zurück; nicht etwa, um sie zu bestrafen, sondern weil ich mich instinktiv daran klammerte. Wir sahen einander ungerührt an, während ich es noch immer festhielt.

»Ich weiß, wie viel ich als Mindestpreis nehmen würde. Was ich von Ihnen in Erfahrung bringen wollte, war der höchste Preis, den ich dafür erzielen könnte.«

Sie machte eine Bewegung, zog sich mit einer gewissen Anspannung zusammen, als fühlte sie sich von der jähen Befürchtung, ihr kostbares Stück verloren zu haben, zu der enormen Anstrengung aufgefordert, sich zu erheben, um es mir wegzuschnappen. Unverzüglich legte ich es zurück in ihre Hand und sagte dabei: »Ich würde es schon gern erwerben, aber bei Ihren Vorstellungen läge es weit über meinen Möglichkeiten.«

Sie drehte die kleine ovale Tafel in ihrem Schoß um, mit dem Gesicht nach unten, und ich hörte sie um Atem ringen wie nach einer Anstrengung oder einer Flucht. Das hielt sie jedoch nicht davon ab, gleich darauf zu sagen: »Sie würden das Bildnis eines Menschen kaufen, den Sie nicht kennen, und das von einem Künstler stammt, der völlig unbekannt ist?«

»Der Künstler mag noch so unbekannt sein, aber das Bild ist wunderbar gemalt«, erwiderte ich, um mich zu rechtfertigen.

»Zum Glück ist Ihnen das jetzt eingefallen, denn der Maler war mein Vater.«

»Das macht das Bild in der Tat kostbar!« gab ich fröhlich zurück; und ich darf hinzufügen, dass meine Freude teilweise daher rührte, dass ich damit den Beweis für die Richtigkeit meiner Theorie über Miss Bordereaus Herkunft erhalten hatte. Zweifellos hatte Aspern die junge Dame kennen gelernt, als er ihrem Vater in dessen Atelier Modell gesessen hatte. Ich sagte zu Miss Bordereau, dass ich mich glücklich schätzen würde, darüber Erkundigungen einzuholen, sofern sie mir ihren kostbaren Besitz für vierundzwanzig Stunden überlassen würde; sie gab mir jedoch nichts anderes zur Antwort, als dass sie das Bild schweigend in ihre Tasche gleiten ließ. Das überzeugte mich noch mehr, dass sie nicht ernsthaft beabsichtigte, es zu ihren Lebzeiten zu verkaufen, vielmehr wollte sie sich offenbar vergewissern, welche Summe ihre Nichte, sollte sie es ihr hinterlassen, dafür zu gewärtigen hätte. »Nun gut, auf jeden Fall hoffe ich, dass Sie es nicht zum Verkauf anbieten werden, ohne mich davon in Kenntnis zu setzen«, sagte ich, da sie noch immer nicht auf meinen Vorschlag einging. »Bitte behalten Sie mich als möglichen Käufer im Gedächtnis.«

»Erst möchte ich von Ihnen das Geld sehen!« erwiderte sie mit unerwarteter Grobheit; doch dann, als hätte sie sich besonnen, dass ich mich wohl gegen einen solchen Ton verwahren würde und das Interesse an der Sache verlieren könnte, fragte sie unvermittelt, worüber ich mit ihrer Nichte spräche, wenn ich mit ihr ausginge wie neulich Abend.

»Sie reden so, als hätten wir es uns bereits zur Gewohnheit gemacht«, antwortete ich. »Sicherlich wäre ich sehr froh, wenn es uns zur schönen Gepflogenheit werden sollte. Doch in diesem Fall hätte ich noch größere Bedenken, das Vertrauen einer Dame zu enttäuschen.«

»Ihr Vertrauen? Hat meine Nichte Vertrauen?«

»Hier ist sie – sie kann es Ihnen selbst beantworten«, sagte ich; denn in diesem Augenblick erschien Miss Tina auf der Türschwelle zum Salon der alten Frau. »Haben Sie Vertrauen, Miss Tina? Ihre Tante möchte es unbedingt wissen.«

»Nicht in meine Tante, nicht in sie!« erklärte die jüngere der beiden Damen und schüttelte ihren Kopf mit einem schmerzlichen Ausdruck, der weder scherzhaft gemeint war noch vorgetäuscht wirkte. »Ich weiß nicht, was ich mit ihr machen soll; sie hat Anfälle von erschreckender Unvorsichtigkeit. Sie ermüdet so leicht, und dennoch hat sie damit angefangen, herumzuwandern und sich durch das Haus zu schleppen.« Und sie schaute wie geistesabwesend auf ihre langjährige Leidensgenossin hinab, als hätten ihr Zusammenleben und ihre gemeinsamen Gewohnheiten nicht dazu beigetragen, die Absonderlichkeiten der alten Dame zumindest gelegentlich leichter erträglich zu machen.

»Ich weiß, was ich da tue. Ich verliere nicht den Verstand. Ich wage zu behaupten, das hättest du wohl gern«, sagte Miss Bordereau mit unverhohlenem Zynismus.

»Ich kann mir nicht vorstellen, dass Sie allein hier herausgekommen sind. Miss Tina wird Ihnen behilflich gewesen sein«, warf ich versöhnlich ein.

»Ja, ja, sie bestand darauf, dass wir sie hier hinausschieben, und wenn sie auf etwas besteht!« sagte Miss Tina immer noch in besorgtem Ton, als könne keiner wissen, zu welcher Dienstleistung, die sie nicht billigen könne, ihre Tante sie als nächstes zwingen würde.

»Gott sei Dank sind die meisten Dinge so erledigt worden, wie ich es gewollt habe. Die Menschen, mit denen ich gelebt habe, haben mir meinen Willen gelassen«, fuhr die alte Frau fort, als spräche sie aus der kalten Asche ihrer Eitelkeit.

Ich nahm es heiter auf. »Sie wollten wohl sagen, man habe Ihnen gehorcht.«

»Wie immer man es nennen will – wenn sie einen mögen.«

»Gerade weil ich Sie mag, muss ich mich Ihnen widersetzen«, sagte Miss Tina mit einem nervösen Lachen.

»Oh, ich nehme an, als Nächstes bringen Sie Miss Bordereau die Treppe hinauf, um mir einen Besuch abzustatten«, fuhr ich fort, worauf die alte Dame erwiderte:

»Nein, nein; ich kann auch von hier aus ein Auge auf Sie haben!«

»Sie sind sehr müde, sicherlich werden Sie heute Nacht krank sein!« rief Miss Tina.

»Unsinn, meine Liebe; ich fühle mich im Augenblick so gut wie seit einem Monat nicht mehr. Morgen werde ich wieder hier herauskommen. Ich möchte dort sein, wo ich diesen klugen Herrn treffen kann.«

»Sollten Sie mich nicht lieber in ihrem Wohnzimmer treffen?« fragte ich.

»Wollten Sie etwa sagen, dann hätten Sie ein leichteres Spiel mit mir?« gab sie zurück und fixierte mich einen Moment lang unter ihrem grünen Schirm.

»Ach, das habe ich doch nirgendwo! Ich schaue Sie an, aber ich sehe Sie nicht.«

»Sie regen sie schrecklich auf, und das tut ihr nicht gut«, sagte Miss Tina zu mir gewandt und schüttelte vorwurfsvoll den Kopf.

»Ich möchte Sie beobachten, ich möchte Sie im Auge behalten!« fuhr Miss Bordereau fort.

»Na gut, dann sollten wir so viel Zeit wie möglich miteinander verbringen – wo, ist mir egal. Dann haben Sie es am leichtesten.«

»Vielen Dank, für heute habe ich Sie genug gesehen. Ich bin zufrieden. Jetzt möchte ich nach Hause«, sagte

Juliana. Miss Tina legte ihre Hände auf die Lehne des Rollstuhls und begann ihn zu schieben, doch ich bat sie, mir ihren Platz zu überlassen. »Oh ja, auf diese Weise dürfen Sie mich bewegen – aber auf keine andere!« rief die alte Frau aus, als sie merkte, wie ich sie sicher und leicht über den glatten, steinharten Boden rollte. Bevor wir die Tür zu ihrer Wohnung erreichten, bat sie mich anzuhalten, und sie warf einen letzten langen Blick nach allen Seiten durch die prachtvolle *sala*. »Es ist wirklich ein wundervolles Haus!« murmelte sie; dann schob ich sie weiter. Als wir in den Salon eingetreten waren, ließ Miss Tina mich wissen, dass sie nun allein zurechtkommen könne, und im selben Augenblick erschien die kleine rothaarige *donna*, um ihrer Herrin zu helfen. Miss Tina hatte offensichtlich die Absicht, ihre Tante auf der Stelle ins Bett zu bringen. Ich gestehe, dass ich mich trotz dieser Eile der Indiskretion schuldig machte, dort noch länger zu verweilen; mich hielt das Gefühl, den von mir so begehrten Objekten nahe zu sein – die wahrscheinlich irgendwo in dem ausgeblichenen, ungemütlichen Raum verstaut waren. Tatsächlich war das Zimmer von einer Kargheit, die nicht darauf schließen ließ, dass hier Dinge von Wert verborgen lagen; es gab weder schummerige Ecken noch mit Vorhängen verdeckte Winkel, weder massive Schränke noch Truhen mit Eisenbeschlägen. Zudem war es möglich oder sogar wahrscheinlich, dass die alte Dame ihre Erinnerungsstücke in ihrem Schlafzimmer aufbewahrte, zum Beispiel in einer abgewetzten Schachtel, die sie unter das Bett geschoben oder in die Schublade einer wackeligen Frisierkommode gelegt hatte, wo sie sich in

Sichtweite im Licht der trüben Nachttischlampe befanden. Dennoch richtete ich meinen Blick auf jedes Möbelstück, auf jedes denkbare Versteck für einen Schatz, und stellte fest, dass es ein halbes Dutzend Einrichtungsstücke mit Schubladen gab, insbesondere einen hohen alten Sekretär mit Messingbeschlägen im Empirestil – ein etwas altersschwaches Behältnis, das sich aber durchaus eignete, darin geheime Raritäten zu verwahren. Ich weiß nicht, warum gerade dieses Möbelstück mich so gefangen nahm, da ich kaum die Absicht hatte, es aufzubrechen; aber ich starrte es so intensiv an, dass Miss Tina es bemerkte und errötete. Dass ihr das wiederfuhr, machte mich sicher, in meiner Annahme richtig zu liegen, dass die Aspern-Schriften, wo auch immer sie vorher gewesen sein mögen, sich in diesem Moment hinter dem unnützen kleinen Schloss des Sekretärs versteckt hielten. Es fiel mir schwer, meine Aufmerksamkeit von der glanzlosen Mahagonifront wegzulenken, als mir bewusst wurde, dass mich nichts weiter als ein bisschen Holz von dem Ziel meiner Hoffnungen trennte. Doch ich nahm meinen leicht verwirrten Verstand wieder zusammen und gab mir einen Ruck, um mich von meiner Gastgeberin zu verabschieden. Um meine Anspannung liebenswürdiger erscheinen zu lassen, sagte ich zu ihr, dass ich ihr sicherlich bald eine Einschätzung bezüglich des kleinen Bildes überbringen würde.

»Des kleinen Bildes?« fragte Miss Tina überrascht.

»Was weißt du schon davon, meine Liebe?« sagte die alte Frau. »Sie müssen sich keine Gedanken machen. Ich habe den Preis bereits festgelegt.«

»Und wie hoch soll der sein?«

»Eintausend Pfund.«

»Meine Güte!« entfuhr der armen Miss Tina ein Schrei, den sie nicht unterdrücken konnte.

»Ist es das, worüber Sie sich mit Ihnen unterhält?« sagte Miss Bordereau.

»Stellen Sie sich vor, das möchte Ihre Tante unbedingt wissen!« Ich musste mich nun von der jüngeren meiner beiden Freundinnen verabschieden und es bei diesen Worten belassen, obwohl ich liebend gern hinzugefügt hätte: »Um Himmels willen, kommen Sie heute Abend zu mir in den Garten!«

VIII

Wie sich herausstellte, wäre die Vorsichtsmaßnahme gar nicht nötig gewesen, denn drei Stunden später, nachdem ich gerade mein Abendessen beendet hatte, erschien Miss Tina unangemeldet in der offenen Tür zu dem Zimmer, in welchem meine einfachen Mahlzeiten serviert wurden. Ich erinnere mich gut, dass ich keineswegs überrascht war, sie zu sehen; das ist jedoch kein Beweis dafür, dass ich nicht von ihrer Schüchternheit überzeugt war. Die war ungeheuer groß, doch in einem Fall, in dem es besonderen Grund zur Kühnheit gab, hätte diese Scheu sie niemals davon abgehalten, eiligst in mein Stockwerk hinaufzulaufen. Ich erkannte sofort, dass sie jetzt von einem speziellen Grund erfüllt war; er trieb sie vorwärts – brachte sie sogar dazu, als ich aufstand, um ihr entgegenzugehen, meinen Arm zu ergreifen.

»Meine Tante ist sehr krank, ich glaube, sie stirbt!«

»Nie und nimmer«, antwortete ich bitter. »Sie müssen keine Angst haben!«

»Bitte holen Sie einen Arzt – gehen Sie doch! Ich habe Olimpia schon zu dem Doktor geschickt, den wir immer haben, aber sie ist noch nicht zurück; ich weiß nicht, was ihr passiert ist. Ich habe ihr gesagt, falls er nicht zu Hause sei, solle sie ihm nachgehen; sie scheint ihn aber durch ganz Venedig zu verfolgen. Ich weiß nicht, was ich machen soll – sie sieht so aus, als ginge es mit ihr zu Ende.«

»Darf ich sie sehen, dass ich mir selbst ein Urteil bilden kann?« fragte ich. »Natürlich will ich gerne jemanden für sie holen; aber sollten wir nicht lieber meinen Diener schicken, damit ich bei Ihnen bleiben kann?«

Miss Tina stimmte dem zu, und ich schickte meinen Diener nach dem besten Arzt im Stadtviertel. Dann lief ich eilig mit ihr die Treppe hinab, und auf dem Weg erzählte sie mir, dass Miss Bordereau eine Stunde, nachdem ich sie nachmittags verlassen hatte, einen Anfall von »Beklemmung«, eine schreckliche Atemnot, erlitten habe. Der Anfall sei zwar vorübergegangen, habe sie aber so dermaßen erschöpft, dass sie sich nicht wieder davon erholt habe: Sie schien am Ende ihrer Kräfte und fast schon erloschen. Ich wiederholte, noch sei sie nicht abgetreten und würde es auch noch nicht tun; woraufhin mir Miss Tina einen schärferen Blick von der Seite zuwarf, als sie mir je zuvor hatte zukommen lassen, und sagte: »Was wollen Sie eigentlich damit sagen? Sie wollen sie doch wohl nicht bezichtigen, dass sie uns das alles nur vorspielt!« Ich habe vergessen, was ich darauf geantwortet habe, doch tief in meinem Inneren, so befürchte ich, hielt ich die alte Frau jeder noch so unheimlichen Hinterlist für fähig. Miss Tina wollte wissen, was ich ihr angetan hätte; ihre Tante habe ihr erzählt, dass ich sie so verärgert hätte. Ich erklärte, ich hätte nichts dergleichen getan – ich sei ausgesprochen fürsorglich mit ihr umgegangen; worauf meine Begleiterin zurückgab, dass unsere Freundin ihr versichert hätte, es habe eine Szene mit mir gegeben – eine Szene, die sie sehr erzürnt habe. Ich spürte Verstimmung in mir aufsteigen und antwortete, dass sie es gewesen sei, die die Szene veranstaltet habe – dass ich mir nicht vorstellen könnte, womit ich sie verärgert hätte, es sei denn damit, dass ich für mich keine Möglichkeit gesehen hätte, ihr tausend Pfund für das Bildnis von Jeffrey Aspern zu bezahlen. »Sie hat es Ihnen gezeigt? Ach, du meine Güte – du lieber Himmel!« stöhnte Miss Tina, die offenbar das Gefühl bekam, die Situation entglitte ihren Händen und die Fäden ihres Schicksals zögen sich um sie zusammen. Ich antwortete ihr, dass ich alles dafür geben würde, es zu besitzen, dass ich jedoch nicht über tausend Pfund verfügte; ich hielt inne, als wir die Tür zu Miss Bordereaus Schlafzimmer erreichten. Meine Neugier war so groß, dass ich gern die Schwelle übertreten hätte, doch hielt ich es für meine Pflicht, Miss Tina zu verstehen zu geben, dass es vielleicht besser wäre, der Kranken meinen Anblick zu ersparen, wenn es tatsächlich so gewesen sei, dass ich sie verärgert hätte. »Ihren Anblick?« fragte meine Begleiterin beinahe ungehalten, »glauben Sie denn, sie könne sehen?« Das glaubte ich tatsächlich, aber ich hielt mich zurück, ihr dies mitzuteilen, und folgte nun mit vorsichtigen Schritten meiner Führerin.

Ich erinnere mich, was ich zu Miss Tina sagte, als ich einen Moment lang neben dem Bett der alten Frau stand: »Zeigt sie Ihnen denn niemals ihre Augen? Haben Sie diese noch nie gesehen?« Man hatte Miss Bordereau ihren grünen Schirm abgenommen, aber die obere Hälfte ihres Gesichts – ich hatte nicht das Glück, Juliana in ihrer Nachthaube zu sehen – war mit einem locker fallenden Stück schäbigen, spitzenartigen Musselins bedeckt, einer Art improvisierter Haube, die um ihren Kopf gewunden war und bis zur Nasenspitze reichte, aber außer ihren bleichen, welken Wangen und dem runzligen Mund, den sie offenbar bewusst fest geschlossen hielt, nichts von ihr erkennen ließ. Miss Tina warf mir einen verwunderten Blick zu, weil sie offenbar keinen Grund für meine Beschwerde sah. »Sie meinen, weil sie immer etwas über den Augen trägt? Sie tut es, um sie zu schützen.«

»Weil sie so empfindlich sind?«

»Ja, heutzutage – heute!« Miss Tina schüttelte den Kopf und sprach ganz leise. »Aber früher waren sie ungewöhnlich schön!«

»Das muss wohl so gewesen sein – Aspern hat es uns mit seinem Wort verbürgt.« Und als ich noch einmal die Verhüllung der alten Frau betrachtete, konnte ich gut nachvollziehen, dass sie keine Spekulationen darüber hatte zulassen wollen, ob der große Dichter übertrieben habe. Doch ich verschwendete nicht meine Zeit damit, über Juliana nachzudenken, deren Atmung kaum noch wahrzunehmen war, sodass man befürchten musste, jede menschliche Hilfe werde zu spät kommen. Erneut ließ ich meine Blicke durch den ganzen Raum schweifen, stöberte mit den Augen in Schränken, Schubladen von Kommoden und auf Tischen. Miss Tina bemerkte sofort, wohin meine Blicke zielten, und erriet, was in ihnen vorging; doch sie reagierte nicht darauf, sondern wandte sich rastlos und besorgt ab, sodass ich mich zu Recht für meine Neugier getadelt fühlte, die angesichts unserer sterbenden Gefährtin fast etwas Unschickliches an sich hatte. Dennoch gestattete ich mir einen weiteren Blick, um mir im Geiste das Behältnis auszusuchen, das jemand, der sich gleich nach Miss Bordereaus Tod Zugriff zu ihren Papieren verschaffen wollte, als Erstes durchsuchen würde. Das Zimmer befand sich in schrecklicher Unordnung; es sah aus wie die Garderobe einer alten Schauspielerin. Kleider hingen über den Stühlen, hier und da lagen seltsam schäbige Bündel herum und mehrere abgewetzte, zerbeulte und ausgeblichene Pappkartons, die schon fünfzig Jahre alt sein mochten, waren aufeinander gestapelt. Nach einer Weile bemerkte Miss Tina erneut meine Blickrichtung, und als erriete sie, wie ich über solche Zustände dachte – wobei sie vergaß, dass es nicht meine Sache war, darüber ein Urteil abzugeben –, sagte sie schließlich, vielleicht um sich gegen die Unterstellung zu verwahren, sie sei an dieser Unordnung beteiligt: »Sie möchte es so haben; wir dürfen die Dinge nicht verrücken. Es sind ein paar alte Hutschachteln dabei, die sie schon ihr Leben lang besitzt. Dann fügte sie hinzu, als hätte sie Mitgefühl mit meinen wirklichen Gedanken: »Diese Dinge waren immer schon dort.« Und sie zeigte auf eine kleine, niedrige Truhe, die unter einem Sofa stand, wo gerade ausreichend Platz für sie war. Sie sah aus wie ein seltsamer, total altmodischer Schrankkoffer, war aus bemaltem Holz mit schön gearbeiteten Griffen und verzogenen Riemen, und ihre Farbe – sie war zuletzt mit einer hellgrünen Farbschicht versehen worden – war schon an vielen Stellen abgeblättert. Dieser Koffer war offenbar in früheren Zeiten mit Juliana auf die Reise gegangen – in den Tagen, da sie noch abenteuerlustig war, muss er dabei gewesen sein. Es hätte wohl einen seltsamen Eindruck erweckt, wäre man damit heute in einem Hotel abgestiegen.

»Waren dort – und sind sie es nicht mehr?« fragte ich, irritiert durch Miss Tinas Andeutung.

Sie wollte gerade antworten, aber in diesem Moment trat der Arzt ein – jener Arzt, nach dem die kleine Magd ausgeschickt worden war und den sie schließlich doch gefunden hatte. Mein Diener, der mit eigenem Auftrag unterwegs gewesen war, hatte sie mit ihrem Begleiter im Schlepptau getroffen und gemeinsam mit ihnen, ganz wie es dem geselligen venezianischen Geist entsprach, den Rückweg angetreten, und nun war er ebenfalls auf der Schwelle zu dem Zimmer der *padrona* erschienen, wo ich ihn über die Schulter des Arztes schauen sah. Sofort gab ich ihm ein Zeichen, sich zurückzuziehen, zumal der Anblick seines neugierig dreinschauenden Gesichts mich daran erinnerte, wie wenig ich selbst dort zu suchen hatte – eine Ermahnung, die darin Bestätigung fand, dass der kleine Doktor mich mit scharfem Blick musterte, wobei er mir ganz so aussah, als hielte er mich für einen Rivalen, der schon vor ihm das Revier besetzt hätte. Er war ein kleingewachsener, dicker und energischer Mann, der den hohen Hut seines Berufsstandes trug und alles genau zu betrachten schien, nur nicht seine Patientin. Er behielt mich stets im Blick, als wäre er darauf gefasst, auch mich gleich zu verarzten, sodass ich mich schließlich verbeugte und ihn mit den Frauen allein ließ, um unten im Garten eine Zigarre zu rauchen. Ich war nervös; ich konnte mich nicht weiter wegbewegen; ich durfte das Haus jetzt nicht verlassen. Ich weiß nicht mehr genau, welche Art von Vorkommnissen ich befürchtete, doch schien es mir wichtig, dort zu bleiben. Ich schlenderte über die Gartenwege – der warme Abend war angebrochen –, rauchte eine Zigarre nach der anderen und behielt das Licht in Miss Bordereaus Fenstern im Auge. Sie waren jetzt geöffnet, wie ich sehen konnte; die Lage hatte sich verändert. Manchmal bewegte sich das Licht, jedoch nicht sehr schnell; es hatte nichts von Hast in einer Krisensituation. Lag die alte Frau im Sterben oder war sie bereits tot? Hatte der Arzt gesagt, in ihrem unwahrscheinlichen Alter könne man nichts anderes mehr tun, als sie in Ruhe gehen zu lassen? Oder hatte er einfach nur mit etwas bedächtigerem Blick verkündet, dass nun das Ende ihres Erdendaseins gekommen sei? Waren die beiden anderen Frauen nun damit beschäftigt, ihr die letzten Ehren zu erweisen, wie es in einem solchen Falle üblich ist? Es verursachte mir Unbehagen, dass ich nicht in der Nähe war, als fürchtete ich, der Doktor selbst könnte die Papiere an sich nehmen. Ich kaute fest auf meiner Zigarre herum, während mir wieder durch den Kopf fuhr, dass es vielleicht gar keine Schriften mehr gab, die jemand mitnehmen könnte!

Ich wandert eine Stunde oder länger umher. Ich hielt Ausschau, ob sich Miss Tina nicht an einem der Fenster zeigte, denn ich hatte die vage Vorstellung, sie würde mir von dort aus vielleicht ein Zeichen geben. Müsste sie nicht die rote Glut meiner Zigarre im Dunkeln sehen und daraus schließen, dass ich mich dort aufhielte, um zu erfahren, was der Arzt zu sagen hatte? Vermutlich ist es eher ein Beweis für die Schwere meiner Befürchtungen, dass ich es selbst zu so später Stunde und mitten in der größten Veränderung, die einem Menschen widerfahren kann, für so gut wie sicher ansah, dass die gute Miss Tina auch dafür noch den Kopf frei hätte. Mein Diener kam herunter und berichtete mir, doch er wusste nur, dass der Arzt nach einer halbstündigen Visite wieder gegangen war. Wenn er sich eine halbe Stunde dort aufgehalten hatte, dann war Miss Bordereau noch am Leben: So lange konnte es nicht gedauert haben, ihren Tod festzustellen. Ich schickte den Mann aus dem Haus; es gab Augenblicke, da seine Neugier mir auf die Nerven ging, und jetzt war ein solcher Moment gekommen. Er hatte meine glühende Zigarrenspitze von einem oberen Fenster aus gesehen, Miss Tina hingegen nicht; er konnte nicht wissen, was ich im Schilde führte, und ich konnte es ihm nicht sagen, obgleich er vermutlich fantastische Theorien über mich entwickelt hatte, die er grandios fand und die ich, hätte ich sie genauer gekannt, wahrscheinlich beleidigend gefunden hätte.

Schließlich ging ich nach oben, stieg aber nicht höher als bis zur *sala*. Die Tür zu Miss Bordereaus Räumen stand offen und gab den Blick auf den Salon frei, der im Dämmerlicht einer kümmerlichen Kerze lag. Ich ging mit leisen Schritten darauf zu, und im selben Augenblick erschien Miss Tina und sah mich an, während ich näher kam. »Es geht ihr besser, ja, es geht ihr besser«, sagte sie, noch bevor ich fragen konnte. »Der Doktor hat ihr etwas gegeben; sie ist aufgewacht und wieder zu sich gekommen, noch während er hier war. Er sagt, es bestünde keine unmittelbare Gefahr.«

»Keine unmittelbare Gefahr? Sicherlich hält er ihren Zustand für ernst!«

»Ja natürlich, weil sie sich aufgeregt hat. Das nimmt sie entsetzlich mit.«

»Das wird wieder passieren, weil sie selbst dafür sorgt. So war es auch heute Nachmittag.«

»Ich weiß, sie darf sich nicht mehr hinausbegeben«, sagte Miss Tina in einem ihrer Anflüge von tieferer Einsicht.

»Wozu soll eine solche Bemerkung nutze sein«, gestattete ich mir zu fragen, »wenn Sie gleich wieder mit ihr losschieben, kaum dass sie Sie darum bittet?«

»Ich werde nicht – ich werde es nicht wieder tun.«

»Sie müssen lernen, sich ihr zu widersetzen«, fuhr ich fort.

»Gewiss, ja, das werde ich tun; und es wird mir noch besser gelingen, wenn Sie es für richtig halten.«

»Sie sollen es nicht für mich tun – sondern für sich selbst. Es fällt alles auf Sie selbst zurück, wenn Sie ängstlich und aus der Fassung sind.«

»Aber ich bin nicht mehr aus der Fassung«, sagte Miss Tina recht gelassen. »Sie ist jetzt ganz ruhig.«

»Ist sie wieder bei Bewusstsein – spricht sie?«

»Nein, sie spricht nicht, aber sie hat meine Hand genommen, sie hat sie festgehalten.«

»Ja, ja«, erwiderte ich, »ich habe gesehen, wie viel Kraft sie noch hat, als sie heute Nachmittag das Bild an sich gerissen hat. Aber wenn sie Sie festhält, wie kommt es dann, dass Sie hier sind?«

Miss Tina ließ einen Moment verstreichen; obwohl

ihr Gesicht völlig im Dunkeln lag – sie stand mit dem Rücken zum Licht im Salon, und ich hatte meine Kerze weit entfernt, fast an der Tür zum Empfangssaal, abgestellt – meinte ich sie fast kindlich lächeln zu sehen. »Ich bin absichtlich gekommen – ich habe Ihre Schritte gehört.«

»Wie kann das sein, ich bin auf Zehenspitzen gegangen, so geräuschlos wie möglich.«

»Trotzdem, ich habe Sie gehört«, sagte Miss Tina.

»Und ist ihre Tante nun allein?«

»Aber nein, Olimpia sitzt bei ihr.«

Ich rang mit mir. »Sollten wir nicht hineingehen?« Und ich machte eine Kopfbewegung zum Salon hin; immer stärker hatte ich das Bedürfnis, an Ort und Stelle zu sein.

»Dort können wir nicht reden – sie würde uns hören.«

Fast hätte ich ihr geantwortet, dass wir auch schweigend dort sitzen könnten, aber ich spürte ganz deutlich, dass mir damit nicht gedient war, denn es gab etwas, das ich sie unbedingt fragen wollte. So schlug ich vor, wir könnten ein wenig im Empfangssaal herumgehen, uns aber mehr zum anderen Ende hin bewegen, wo wir unsere Freundin nicht stören würden. Miss Tina stimmte vorbehaltlos zu; der Doktor käme noch einmal vorbei, sagte sie, dann könnte sie ihn gleich an der Tür empfangen. Wir schlenderten durch den prächtigen und überflüssigen Empfangssaal, wo unsere Schritte auf dem Marmorfußboden – vor allem als wir anfänglich nichts sagten – lauter zu hören waren, als ich gedacht hatte. Als wir auf der anderen Seite angekommen waren – bei dem großen, stets geschlossenen Fenster, das sich zum Balkon öffnete, der auf den Kanal hinausging –, schlug ich ihr vor, am besten dort zu bleiben, da sie den Arzt von dort aus eher bemerken würde. Ich öffnete das Fenster, und wir traten hinaus auf den Balkon. Die Luft über dem Kanal kam mir noch schwüler, noch heißer vor als die im Empfangssaal. Der Ort war still und menschenleer; die stillen Nachbarn waren bereits schlafen gegangen. Hier und dort leuchtete eine Laterne auf dem schmalen schwarzen Wasserlauf mit doppeltem Lichtschein; aus der Ferne drang die Stimme eines Mannes zu uns herüber, der singend nach Hause ging, das Jackett über die Schulter gelegt und den Hut schräg übers Ohr gezogen. Das hinderte jedoch nicht daran, die Szene *comme il faut* zu nennen, wie Miss Bordereau sich ausgedrückt hatte, als ich ihr zum ersten Mal begegnete. Soeben glitt mit langsamem, rhythmischem Plätschern der Ruder eine Gondel über den Kanal, und wir lauschten und schauten ihr schweigend nach. Sie hielt nicht an, sie hatte nicht den Arzt an Bord; und als sie außer Sichtweite war, sagte ich zu Miss Tina: »Und wo sind sie jetzt, die Sachen, die in dem Schrankkoffer waren?«

»Im Schrankkoffer?«

»Der grünen Kiste, die Sie mir im Zimmer Ihrer Tante gezeigt haben. Sie sagten, ihre Papiere wären da drin gewesen; Sie meinten wohl, sie hätte sie woanders untergebracht.«

»Oh ja; in dem Schrankkoffer befinden sie sich nicht«, sagte Miss Tina.

»Darf ich fragen, ob Sie nachgeschaut haben?«

»Ja, ich habe nachgeschaut – Ihnen zu Gefallen.«

»Wieso mir zu Gefallen, liebe Miss Tina? Wollen Sie damit sagen, Sie hätten sie mir gegeben, wenn Sie sie gefunden hätten?« und bei dieser Frage begann ich regelrecht zu zittern.

Sie zögerte mit der Antwort, und ich wartete. Plötzlich brach es aus ihr heraus: »Ich weiß nicht, was ich tun würde – oder was ich nicht tun würde!«

»Würden Sie noch einmal nachschauen – an anderen Stellen?«

Sie hatte mit einer seltsamen, unerwarteten Gefühlsaufwallung gesprochen, und nun fuhr sie in demselben Ton fort: »Ich kann nicht – ich kann es nicht, solange sie dort liegt. Das schickt sich nicht.«

»Nein, das schickt sich nicht«, antwortete ich in ernstem Ton. »Lassen Sie die arme Frau in Frieden ruhen.« Diese Worte kamen mir nicht heuchlerisch von den Lippen, denn ich fühlte mich tatsächlich zurechtgewiesen und war beschämt.

Gleich darauf fügte Miss Tina hinzu, als hätte sie dies gespürt und empfände Mitleid mit mir, wollte mir zugleich aber klarmachen, dass ich sie bedrängte oder zumindest allzu sehr auf dieser Sache herumritte: »Ich kann sie nicht in dieser Weise hintergehen. Ich kann sie nicht hintergehen – wo dies vielleicht ihr Totenbett ist.«

»Da sei der Himmel vor, dass ich so etwas von Ihnen verlange, auch wenn ich mich selbst schuldig gemacht habe!«

»Sie haben sich schuldig gemacht?«

»Ich bin unter falscher Flagge gesegelt.« Ich hatte das

Gefühl, ich müsste jetzt die Sache richtig stellen, müsste ihr erzählen, dass ich ihr einen falschen Namen angegeben hätte, weil ich befürchtet hatte, ihre Tante könnte von mir gehört haben und sich daher weigern, mich hier im Hause aufzunehmen. Dies alles redete ich mir von der Seele wie auch, dass ich tatsächlich etwas mit dem Brief zu tun hatte, der ihnen einige Monate zuvor von John Cumnor zugegangen sei.

Sie hörte mit großer Aufmerksamkeit zu, fast bekam sie vor Staunen den Mund nicht mehr zu, und als ich meine Beichte beendet hatte, sagte sie: »Und Ihr richtiger Name – wie lautet der?« Nachdem ich ihn ihr genannt hatte, wiederholte sie ihn zweimal, begleitet von dem Ausruf: »Du lieber Himmel, du lieber Himmel!« Dann setzte sie hinzu: »Ihr richtiger Name gefällt mir besser.«

»Mir auch«, entfuhr es mir, doch mein Lachen kam mir kläglich vor. »Puh! Welch eine Erleichterung, den falschen wieder los zu sein.«

»Dann war es ein richtiges Komplott – eine Art Verschwörung?«

»Na ja, Verschwörung – wir waren nur zu zweit«, antwortete ich, wobei ich natürlich Mrs. Prest aus dem Spiel ließ.

Sie überlegte; ich befürchtete, sie würde uns nun als hinterhältig und gemein bezeichnen. Aber das war nicht ihre Art, und nach einer Weile bemerkte sie, als sähe sie die Sache unvoreingenommen, unparteiisch: »Wie dringend muss Ihr Wunsch sein, die Dinge zu besitzen!«

»Oh ja, ich wünsche es mir leidenschaftlich!« und dabei grinste ich, wie ich leider zugeben muss. Und nun ergriff ich die Gelegenheit, mich weiter vorzuwagen, wobei ich meine Bedenken vergaß, die mir kurz zuvor noch zugesetzt hatten. »Wie kann sie es bewerkstelligt haben, die Sachen an einen anderen Ort zu räumen? Kann sie denn überhaupt gehen? Wie kann sie ein solches Maß an körperlicher Anstrengung vollbringen? Wie kann sie es schaffen, Dinge hochzuheben und fortzutragen?«

»Ach, wenn man etwas vorhat und wenn man einen so starken Willen hat!« sagte Miss Tina, als hätte sie über meine Frage selbst schon nachgedacht und sei selbst zu keinem anderen Schluss gekommen – in ihrer Antwort lag die Vorstellung, dass die alte Frau im Dunkel der Nacht oder in einem unbeobachteten Augenblick, als die Luft rein war, so einer übermenschlichen Anstrengung fähig gewesen war.

»Haben Sie Olimpia dazu befragt? Hat sie ihr vielleicht geholfen, hat sie es vielleicht für sie getan?« fragte ich; worauf meine Freundin sofort und entschieden antwortete, dass ihre Dienerin nichts mit der Sache zu tun gehabt hätte, jedoch gab sie nicht eindeutig zu, dass sie mit ihr gesprochen hatte. Sie kam mir jetzt ein wenig schüchtern vor, fast ein wenig beschämt, weil sie mir zu erkennen gegeben hatte, wie sehr sie sich auf meine Sorgen eingelassen hatte und wie sehr sie sich mit mir beschäftigte. Plötzlich sagte sie zu mir, ohne dass ein unmittelbarer Bezug zu erkennen war: »Fast kommen Sie mir wie ein neuer Mensch vor, wissen Sie, wo Sie jetzt einen neuen Namen haben.«

»Er ist nicht neu; es ist ein sehr guter alter Name, dem Schicksal sei Dank!«

Sie schaute mich länger an. »Er gefällt mir jedenfalls besser.«

»Wenn das nicht so wäre, würde ich lieber den anderen behalten!«

»Wirklich?«

Ich lachte erneut, doch statt einer Antwort erwiderte ich: »Wenn sie in der Lage ist, soviel herumzustöbern, dann kann sie die Sachen natürlich auch verbrannt haben.«

»Warten Sie doch ab – warten Sie doch einfach ab«, sagte Miss Tina düster, als wollte sie mich bei meiner Moral packen; doch ihr Tonfall trug wenig dazu bei, meine Geduld zu fördern, denn es war auch herauszuhören, dass sie diese schreckliche Möglichkeit durchaus in Betracht zog. Ich würde mich in geduldigem Warten üben, erklärte ich trotz meiner Bedenken, denn erstens blieb mir nichts anderes übrig und zweitens hatte sie mir neulich Abend versprochen, mir zu helfen.

»Wenn die Schriftstücke wirklich weg sind, dann gibt es daran nichts mehr zu rütteln«, sagte sie, jedoch nicht, um einen Rückzieher zu machen, sondern nur um ihrem Gefühl Ausdruck zu geben.

»Natürlich nicht. Wenn Sie das nur herausfinden könnten!« brachte ich stöhnend hervor und bebte dabei erneut.

»Sie hatten doch versprochen zu warten.«

»Sie meinen, sogar darauf soll ich warten?«

»Worauf denn sonst?«

»Ach, nichts«, antwortete ich ziemlich töricht, denn ich schämte mich, ihr zu gestehen, was ich dabei im Sinn gehabt hatte, als ich einer Wartezeit zustimmte –

nämlich die Hoffnung, dass sie vielleicht mehr für mich tun würde, als nur den Stand der Dinge herauszufinden.

Ich weiß nicht, ob sie so etwas vermutete; jedenfalls schien sie sich zu besinnen, dass es wohl angemessener sei, mir mit mehr Strenge zu begegnen. »Ich habe nicht versprochen, eine Täuschung zu begehen, oder? Ich glaube nicht.«

»Es macht keinen großen Unterschied, ob Sie es versprochen haben oder nicht, denn Sie könnten es gar nicht!«

Nichts ist wahrscheinlicher, als dass sie dem nicht widersprochen hätte, selbst wenn sie nicht von der Gondel des Arztes abgelenkt worden wäre, die wir in diesem Augenblick in den kleinen Kanal hineinschießen und auf das Haus zufahren sahen. Mir fiel auf, dass er sich so sehr beeilte, als glaubte er unsere Hausherrin noch immer in Lebensgefahr. Wir sahen ihm zu, wie er von Bord ging, und dann kehrten wir in die *sala* zurück, um ihn dort zu empfangen. Als er oben angekommen war, ließ ich Miss Tina natürlich mit ihm allein weitergehen, ich bat sie nur um die Erlaubnis, später noch einmal vorbeikommen zu dürfen, um den neuesten Stand zu erfahren.

Ich ging aus dem Haus und marschierte los, weit fort, bis zur Piazza, doch auch dort verließ mich meine Ruhelosigkeit nicht. Ich fühlte mich nicht in der Lage, mich hinzusetzen; es war inzwischen sehr spät geworden, doch immer noch saßen Leute an den kleinen Tischen vor den Cafés: Ich konnte nur unruhig meine Kreise ziehen, und so ging ich wohl ein halbes Dutzend Mal um den Platz herum. Mein einziger Trost war, dass ich Miss Tina zumindest erzählt hatte, wer ich wirklich war. Schließlich machte ich mich wieder auf den Heimweg und verirrte mich schon nach kurzer Zeit ganz hoffnungslos, wie es mir immer geschah, wenn ich in Venedig zu Fuß unterwegs war: sodass es schon erheblich nach Mitternacht war, als ich vor meiner Haustür ankam. Der Empfangssaal oben war so dunkel wie immer, und als ich ihn durchquerte, war im Schein meiner Lampe nichts zu entdecken, was mich hätte beruhigen können. Ich war enttäuscht, denn ich hatte Miss Tina in Kenntnis gesetzt, dass ich noch einmal zurückkommen würde, um mir von ihr berichten zu lassen, und ich hatte gehofft, sie hätte mir als Zeichen ein Licht hingestellt. Doch die Tür zu der Wohnung der Damen war geschlossen; das mochte ein Hinweis darauf sein, dass meine wankelmütige Freundin bereits zu Bett gegangen war, weil sie nicht länger auf mich warten wollte. Ich war mitten im Raum stehen geblieben, überlegte und hoffte, sie würde mich hören und vielleicht herausschauen, denn ich sagte mir auch, dass sie niemals zu Bett gehen würde, solange ihre Tante sich in einem so kritischen Zustand befände; sie würde bei ihr sitzen und Wache halten, im Morgenrock auf einem Stuhl sitzend. Ich ging auf die Tür zu, hielt inne und lauschte. Kein Laut war zu hören, und schließlich klopfte ich leise an. Es kam keine Antwort, und nach einer Weile drehte ich den Türknauf. Das Zimmer war nicht beleuchtet; das hätte mich daran hindern sollen einzutreten, hatte aber nicht diese Wirkung. Wenn ich schon frank und frei über die Zudringlichkeiten und all die Taktlosigkeiten gesprochen hatte, zu denen mich mein heftiger Wunsch, in den Besitz von Jeffrey Asperns Schriften zu gelangen, fähig gemacht hatte, muss ich nun auch nicht vor dem Eingeständnis dieser letzten Indiskretion zurückschrecken. Ich betrachte sie als das Schlimmste, was ich getan habe, und doch gab es mildernde Umstände. Ich war tief besorgt, wenn auch zweifellos nicht uneigennützig, Neues über Julianas Zustand zu erfahren, und Miss Tina hatte nun einmal einer späteren Begegnung mit mir zugestimmt, und ich hätte es als Ehrensache angesehen, diese einzuhalten. Man könnte einwenden, dass die Dunkelheit des Zimmers als Zeichen dafür gewertet werden könnte, dass Miss Tina mich aus dieser Verpflichtung entließ, und darauf kann ich nur erwidern, dass ich nicht entlassen zu werden wünschte.

Die Tür zu Miss Bordereaus Schlafzimmer stand offen, und ich konnte dahinter einen schwachen Lichtschein erkennen. Es war kein Geräusch zu hören – meine Schritte hatten offenbar niemanden aufgeschreckt. Ich ging tiefer in das Zimmer hinein und blieb dann stehen, mit meiner Lampe in der Hand. Ich wollte Miss Tina die Möglichkeit geben, auf mich zuzukommen, falls sie noch bei ihrer Tante saß, woran ich keinen Zweifel hatte. Ich gab keinen Laut von mir, um sie zu mir zu rufen; ich wartete nur ab, ob sie vielleicht mein Licht sähe. Sie sah es nicht, und ich erklärte es mir damit – später fand ich heraus, dass ich recht hatte –, dass sie eingeschlafen war. Wenn sie tatsächlich eingeschlafen war, dann belastete sie der Gedanke an ihre Tante nicht, und diese Erklärung hätte mich dazu veranlassen sollen, aus dem Zimmer zu gehen, wie ich hineingekommen war. Ich muss wiederholen, dass sie dies nicht tat, denn im selben Moment nahm mich etwas anderes gefangen. Ich hatte keinen bestimmten Vorsatz, keine böse Absicht, fühlte mich aber durch ein heftiges, wenn auch absurdes Gefühl an Ort und Stelle festgehalten, dass sich mir eine einmalige Gelegenheit bot. Gelegenheit für was, das hätte ich nicht sagen können, da ich keineswegs im Sinn gehabt hatte, mich auf einen Diebstahl einzulassen. Selbst wenn mich dieser Umstand in Versuchung geführt hätte, wäre ich doch mit der Tatsache konfrontiert gewesen, dass Miss Bordereau ihren Sekretär, den Schrank und die Schubladen unter dem Tisch nicht offen stehen ließ. Ich hatte keine Schlüssel, kein Werkzeug und auch nicht die Absicht, ihre Möbel zu ruinieren. Dennoch kam mir in den Sinn, dass ich jetzt, so allein und ungestört, da alles friedlich und ruhig war, dem Ziel meiner Hoffnungen näher war als jemals zuvor. Ich hielt meine Lampe hoch und ließ das Licht über die Möbelstücke gleiten, als könnte es mir genauere Auskünfte geben. Noch immer war keine Bewegung aus dem anderen Zimmer zu vernehmen. Wenn Miss Tina tatsächlich schlief, dann schlief sie fest. Tat sie es – dieses großzügige Geschöpf – absichtlich, um mir freie Hand zu lassen? Wusste sie, dass ich dort war, und verhielt sich nur ruhig, um zu sehen, was ich dort machte – wozu ich im Stande war? Doch war ich das wirklich, als es so weit war? Sie wusste sogar besser als ich, wie wenig.

Ich blieb vor dem Sekretär stehen und starrte ihn an, was sicher sinnlos und grotesk war; denn was hatte er mir schon zu sagen? Erstens war er verschlossen und zweitens enthielt er sicherlich nichts, woran ich interessiert gewesen wäre. Die Wahrscheinlichkeit war hoch, dass die Papiere bereits vernichtet waren, und selbst wenn sie noch existierten, hätte die schlaue alte Frau sie bestimmt nicht an einem solchen Platz untergebracht, nachdem sie sie aus dem grünen Schrankkoffer herausgenommen hatte – bestimmt hätte sie sie nicht, da ihr an der größtmöglichen Sicherheit gelegen war, von dem besseren Versteck in ein schlechteres umgebettet. Der Sekretär war auffälliger, stand exponierter in dem Zimmer, das sie nicht länger unter Bewachung halten konnte. Er hatte ein Schloss für einen Schlüssel, aber zusätzlich auch einen Messinggriff in Form eines Knaufs; das sah ich, als ich das Kerzenlicht darüber gleiten ließ. Und ich tat noch etwas, um meine Krise auf den Höhepunkt zu treiben; mir schoss plötzlich in den Kopf, dass Miss Tina wohl doch wünschte, ich solle die Wahrheit erfahren. Wenn das nicht ihrem Wunsch entsprach, wenn sie wollte, dass ich mich aus allem raushielt, warum hatte sie dann nicht die Verbindungstür zwischen dem Wohnzimmer und dem Empfangssaal abgeschlossen? Das wäre ein klares Zeichen gewesen, dass ich sie in Ruhe lassen sollte. Wenn ich sie aber nicht in Ruhe ließ, musste sie annehmen, dass ich eine Absicht hatte, eine Absicht, die nun in der völlig überspitzten Annahme ihre Begründung fand, dass sie den Sekretär aufgeschlossen habe, um mir einen Gefallen zu tun. Sie hatte den Schlüssel nicht stecken lassen, wahrscheinlich aber würde der Deckel sich heben lassen, wenn ich am Knauf zog. Diese Vermutung setzte mir enorm zu, und ich beugte mich weit vor, um mir die Sache aus der Nähe anzuschauen. Ich hatte nicht die Absicht, irgendetwas zu tun, nicht einmal – aber auch nicht im Geringsten – den Deckel herunterzuziehen; ich wollte lediglich meine Theorie einer Bewährungsprobe unterziehen, wollte sehen, ob sich der Deckel tatsächlich bewegte. Ich berührte den Knauf mit der Hand – schon eine leichte Berührung würde es mir verraten; und im selben Moment – es ist mir unangenehm, dies zu berichten – schaute ich über meine Schulter zurück. Es war ein Zufall, ein Reflex, denn ich hatte keinerlei Geräusch gehört. Bei dem Anblick, der sich mir bot, ließ ich fast meine Leuchte fallen, trat sicherlich einen Schritt zurück und richtete mich auf. Juliana stand dort in ihrem Nachtgewand, stand auf der Schwelle zu ihrem Zimmer und beobachtete mich; sie hatte die Hände erhoben, und der ewige Vorhang, der eine Hälfte ihres Gesichts bedeckt hatte, war gelüftet, sodass ich zum ersten, zum letzten und zum einzigen Mal ihre außergewöhnlichen Augen sah. Sie starrten mich wütend an; sie wirkten wie der plötzliche Lichtstrahl von einer Gaslampe, der einen auf frischer Tat ertappten Dieb einfängt; dieser Blick machte mich entsetzlich beschämt. Niemals werde ich diese seltsame kleine, gebeugte, weiße schwankende Gestalt mit ihrem hoch erhobenen Kopf vergessen, niemals ihre Haltung, ihren Gesichtsaudruck; und ebenso wenig werde ich den Ton vergessen, in dem sie in leidenschaftlicher Wut hervorstieß, als ich mich umdrehte und ihr ins Gesicht sah: »Ach Sie, Sie Schurke von einem Schreiberling!«

Ich kann nicht mehr sagen, was ich zu meiner Entschuldigung, zur Erklärung der Situation gestammelt habe; doch ich ging auf sie zu, um ihr zu versichern, dass ich nichts Böses im Sinn gehabt hätte. Sie scheuchte mich mit ihren alten Händen fort, wich voller Entsetzen vor mir zurück; und das Letzte, woran ich mich erinnere, war, dass sie in einer plötzlichen Zuckung nach hinten fiel, als wäre der Tod über sie gekommen, und in Miss Tinas Arme sank.

IX

Ich verließ Venedig am nächsten Morgen, unmittelbar nachdem ich erfahren hatte, dass meine Wirtin nicht, wie ich im selben Augenblick gefürchtet hatte, dem Schock erlegen war, den ich ihr versetzt hatte – dem Schock, wie ich genauso gut sagen könnte, den sie mir versetzt hatte. Wie um alles in der Welt hätte ich damit rechnen können, dass sie in der Lage war, aus eigener Kraft aus dem Bett aufzustehen? Es gelang mir nicht, Miss Tina vor meiner Abreise noch einmal zu sehen; ich traf nur die Dienerin an, der ich ein Briefchen für die jüngere der beiden Damen übergab. In dieser Nachricht teilte ich ihr mit, dass ich nur für ein paar Tage außer Haus wäre. Ich fuhr nach Treviso, nach Bassano, nach Castelfranco; ich unternahm Spaziergänge und Ausfahrten und schaute mir muffige alte Kirchen mit schlecht beleuchteten Gemälden an; ich verbrachte Stunden damit, rauchend an den Türen von Cafés zu sitzen, wo es Fliegen und gelbe Vorhänge gab und die meist an der Schattenseite von verschlafenen kleinen Plätzen lagen. Trotz dieses Zeitvertreibs, den ich mechanisch und oberflächlich absolvierte, genoss ich meine Reise kaum: Ich hatte eine bittere Pille schlucken müssen und wurde den Nachgeschmack nicht wieder los. Es war, wie die jungen Leute sagen würden, teuflisch ungeschickt von mir gewesen, mich von Juliana mitten in der Nacht dabei erwischen zu lassen, wie ich die Ausrüstung ihres Sekretärs untersuchte. Und es war nicht weniger unangenehm, dass ich etliche Stunden lang hatte befürchten müssen, ich hätte sie mit aller Wahrscheinlichkeit umgebracht. Die Erniedrigung setzte mir zu, aber ich musste das Beste daraus machen, musste sie einerseits in meinem Schreiben an Miss Tina herunterspielen und andererseits die Verantwortung für meine Handlung, bei der ich entdeckt worden war, übernehmen. Da sie mir keine Antwort zukommen ließ, konnte ich nicht wissen, welchen Eindruck ich bei ihr hinterlassen hatte. Es nagte an mir, dass man mich einen schurkischen Schreiberling genannt hatte, da ich ja tatsächlich schrieb und ebenso unbestreitbar nicht sehr viel Taktgefühl bewiesen hatte. Es gab Momente, in denen ich überzeugt war, ich könne mich nur dadurch von meiner Schande entlasten, dass ich mich auf der Stelle aus dem Staub machte; dass ich meine Hoffnungen begrub und die beiden armen Frauen für immer von dem bedrückenden Umgang mit mir befreite. Dann wieder ging mir durch den Kopf, dass ich es lieber zuerst mit einer kurzen Abwesenheit versuchen sollte, denn ich muss bereits eine Ahnung davon gehabt haben (unausgesprochen und vage), dass ich mit meinem vollständigen Verschwinden nicht nur meine eigenen Hoffnungen zunichte machen würde. Vielleicht wäre es eine Lösung, wenn ich mich längere Zeit nicht mehr blicken ließ, um der alten Dame Zeit zu geben, bis sie überzeugt wäre, mich los zu sein. Dass sie mich nach dem Vorgefallenen los sein wollte – wenn ich schon nicht von ihr loskam –, daran bestand jetzt kein Zweifel mehr; diese mitternächtliche Ungeheuerlichkeit muss sie von ihrer Bereitschaft geheilt haben, sich um meiner Dollars willen mit meiner Gesellschaft abzufinden. Ich überlegte mir, dass ich Miss Tina nach alledem nicht einfach zurücklassen konnte, und ich sagte mir das auch weiterhin, selbst als ich feststellen musste, dass sie meine ernsthaften Bitten völlig ignorierte – ich hatte ihr zwei oder drei Adressen in kleinen Städten angegeben, jeweils *poste restante* –, mir doch ein Zeichen zu geben, wie ihr gegenwärtiges Befinden sei. Ich hätte meinen Diener beauftragt, mir die Neuigkeiten schriftlich mitzuteilen, aber er war unfähig, eine Feder zu führen. Konnte ich die Geringschätzung in Miss Tinas Schweigen nicht ermessen – wo sie sich doch sonst so gar nicht verächtlich verhielt? Es bedrückte mich wirklich sehr; doch meine Bedenken, dorthin zurückzukehren, waren ebenso groß wie die, es nicht zu tun, und erst einmal wollte ich über mein Handeln Sicherheit gewinnen. Am Ende ging es so aus, dass ich am zwölften Tag nach Venedig zurückkehrte; und als meine Gondel sanft gegen die Stufen der Anlegestelle stieß, zeigte mir mein vor Aufregung leicht klopfendes Herz, wie sehr meine Abwesenheit mich geschmerzt hatte.

Ich hatte diesen Entschluss so plötzlich gefasst, dass ich nicht einmal meinem Diener telegrafiert hatte. Daher war er auch nicht am Bahnhof, um mich abzuholen, streckte aber den Kopf aus einem Fenster in der oberen Etage, als ich am Haus ankam. »Man hat sie schon unter die Erde gebracht, *quella vecchia*«, sagte er zu mir, als er mir in der unteren Eingangshalle entgegenkam, um meinen Koffer auf die Schultern zu nehmen; und dabei grinste er und blinzelte mir zu, als wüsste er, dass ich mich über diese Nachricht freuen müsste.

»Sie ist tot!« rief ich aus, und warf ihm einen ganz gegenteiligen Blick zu.

»So scheint es zu sein, da man sie beerdigt hat.«

»Es ist also schon alles vorbei? Wann war das Begräbnis?«

»Vorgestern. Aber man kann es kaum Begräbnis nennen, Signore: *roba da niente – un piccolo passeggio brutto*, die Fahrt zum Friedhof nur mit zwei Gondeln. *Poveretta*!« setzte der Mann hinzu, womit er sich offenbar auf Miss Tina bezog. Er hatte von Begräbnissen die Vorstellung, dass sie vor allem dem Vergnügen der Lebenden dienten.

Ich wollte etwas über Miss Tina erfahren, wie es ihr ging und wo sie sich jetzt meistens aufhielt; aber ich stellte ihm keine weiteren Fragen, bis wir oben angekommen waren. Nun, da ich vor die vollendete Tatsache gestellt war, fühlte ich mich unbehaglich, vor allem war mir die Vorstellung unangenehm, dass die arme Miss Tina nach dem Todesfall alles allein hatte in die Hand nehmen müssen. Was wusste sie schon darüber, wie man solche Dinge regelte, welche Schritte man in solchen Fällen zu unternehmen hatte? Wirklich eine *Poveretta*! Ich konnte nur hoffen, dass der Arzt ihr zur Seite gestanden hatte und sie nicht von den alten Freunden im Stich gelassen worden war, von denen sie mir erzählt hatte, der kleinen Schar von Getreuen, deren Anhänglichkeit darin bestand, sie einmal im Jahr zu besuchen. Meinem Diener konnte ich entlocken, dass zwei alte

Damen und ein alter Herr sich tatsächlich um Miss Tina gekümmert hatten – sie hatten sie in ihrer eigenen Gondel abgeholt und ihr auf der Überfahrt zum Friedhof, der kleinen rot ummauerten Friedhofsinsel, die nördlich der Stadt auf dem Weg nach Murano liegt, Beistand geleistet. Aus diesen Tatsachen schloss ich, dass die Damen Bordereau katholisch waren, was mir bisher entgangen war, da die alte Frau nicht zur Kirche gehen konnte und ihre Nichte, soweit ich es beobachten konnte, es auch nicht tat oder aber zur Frühmesse in die Pfarrkirche ging, noch bevor ich aufgestanden war. Sicherlich respektierten auch die Priester ihr zurückgezogenes Leben; nie hatte ich auch nur den Saum einer Soutane im Haus erblickt. Am selben Abend, nur eine Stunde später, schickte ich meinen Diener mit einer Karte hinunter, auf der ich mit wenigen Worten bei Miss Tina anfragte, ob sie ein paar Minuten für mich Zeit hätte. Sie befände sich nicht im Haus, nicht dort, wo er nach ihr gesucht habe, erklärte er mir bei seiner Rückkehr, sondern sie ginge im Garten umher, um frische Luft zu schöpfen und Blumen zu pflücken, ganz als gehörten sie ihr. Er habe sie dort angetroffen, und sie würde sich freuen, mich zu sehen.

Ich ging hinunter und verbrachte eine halbe Stunde mit der armen Miss Tina. Sie hatte immer schon so ausgesehen, als sei sie in Trauer, als trüge sie alte Trauerkleider auf, als ginge ihre Trauer nie zu Ende. Darum sah sie in ihrem jetzigen Kleid nicht anders aus als sonst. Aber es war sichtbar, dass sie geweint, sehr viel geweint hatte – einfache, befreiende, erfrischende Tränen, die aus einem ursprünglichen, erst jetzt einsetzenden Gefühl von Einsamkeit und Schmerz erwuchsen. Sie zeigte jedoch keine Gesten einer Trauernden, und ich war fast überrascht, sie dort in der gerade hereinbrechenden Dämmerung stehen zu sehen, den Arm voll herrlicher Rosen und mir mit geröteten Augen zulächelnd. Ihr blasses Gesicht, von der Mantilla umrahmt, wirkte länger und schmaler als sonst. Ich hatte nicht daran gezweifelt, dass sie mir einen unüberwindlichen Abscheu entgegenbringen würde, dass sie mir vorwerfen würde, ich hätte an Ort und Stelle sein müssen, um ihr mit Rat zur Seite zu stehen, um ihr zu helfen; und obwohl ich überzeugt war, dass sie von Natur aus nicht zum Groll neigte und ihren eigenen Angelegenheiten keine allzu große Bedeutung beimaß, war ich innerlich darauf gefasst, eine Veränderung in ihrem Verhalten vorzufinden, Anzeichen von Verletztsein und Befremden, die mir ins Gewissen reden sollten: »Was sind Sie nur für ein Mensch, mit all Ihren Beteuerungen!« Doch die Geschichte verpflichtet mich zur Wahrheit, und so muss ich gestehen, dass der dumpfe Gesichtsausdruck der guten Dame plötzlich nicht mehr dumpf war, fast war ihr Antlitz nicht einmal mehr reizlos zu nennen, als sie es freundlich dem Mieter ihrer verstorbenen Tante zuwandte. Das berührte ihn sehr stark, und er dachte, es würde seine Situation einfacher machen, bis er herausfand, dass dies nicht zutraf. Ich war an diesem Abend so freundlich zu ihr, wie ich nur sein konnte, und ich ging mit ihr so lange im Garten spazieren, wie es mir schicklich schien. Es gab keinerlei Erklärungen zwischen uns; ich fragte sie nicht, warum sie meine Briefe nicht beantwortet hätte. Und noch viel weniger wiederholte ich, was ich ihr in diesen Schreiben mitgeteilt hatte; wenn sie in mir den Eindruck erwecken wollte, sie hätte vergessen, in welcher misslichen Lage mich Miss Bordereau überrascht hatte und welche Wirkung diese Entdeckung auf die alte Frau ausgeübt hatte, dann war ich nur allzu bereit, das so zu akzeptieren: Ich war ihr dankbar, dass sie mich nicht so behandelte, als hätte ich ihre Tante umgebracht.

Wir schlenderten immer weiter, doch es spielte sich nicht viel zwischen uns ab, außer dass ich ihr meine Anteilnahme an ihrem Verlust bekundete, was ich vor allem durch mein Verhalten zeigte, und sie ihrerseits brachte mir zum Ausdruck, wie sehr sie immer noch an mir hing, zumal ich sie spüren ließ, wie sehr ich mich immer noch für ihre Belange interessierte.

Miss Tina war nicht der Mensch, der Stolz auf seine Unabhängigkeit bekundet oder diese gar vorgegeben hätte; sie tat nicht im Geringsten so, als wüsste sie bereits, was aus ihr werden sollte. Ich hielt mich jedoch zurück, auf diese Frage näher einzugehen, weil ich auf keinen Fall bereit war, ihr anzubieten, mich um sie zu kümmern. Ich war vorsichtig; nicht aus niederen Motiven, denke ich, vielmehr hielt ich ihre Lebenserfahrung für so gering, dass es in ihrer unverbildeten Sichtweise keinen Grund gegeben hätte, warum ich nicht – zumal ich Mitleid mit ihr zu haben schien – in gewisser Weise auf sie aufpassen sollte. Sie erzählte mir, wie ihre Tante gestorben war, nämlich am Ende doch sehr friedlich, und wie danach alles durch den Beistand ihrer guten Freunde geregelt worden sei – glücklicherweise, sagte sie lächelnd, sei es ja mir zu verdanken, dass

Geld im Hause gewesen sei. Sie erwähnte noch einmal, dass die »netten« Italiener, wenn sie einen einmal ins Herz geschlossen hätten, Freunde fürs Leben blieben, und nachdem wir ausgiebig darüber gesprochen hatten, befragte sie mich über meinen Ausflug, meine Eindrücke, meine Erlebnisse, die Orte, die ich besichtigt hatte. Ich erzählte ihr alles, was mir dazu einfiel, schmückte es aber teilweise aus, da ich leider in meinem verwirrten Zustand nur wenig von alledem mitbekommen hatte. Nachdem sie mir zugehört hatte, rief sie aus, als hätte sie ihre Tante und ihre Trauer ganz vergessen: »Meine Güte, wie gerne würde ich auch so etwas unternehmen – wie gerne würde ich eine unterhaltsame kleine Reise machen!« Einen Moment lang überkam es mich, dass ich ihr eine Unternehmung vorschlagen sollte, zum Beispiel könnte ich sie an einen Ort begleiten, den sie gern aufsuchen würde; ich beschränkte mich aber darauf, ihr vorzuschlagen, dass ein kleiner Ausflug – damit sie etwas Abwechslung hätte – sicherlich arrangiert werden könnte: Wir würden darüber nachdenken und es noch einmal besprechen. Niemals ließ ich ein Wort über die Aspern-Dokumente verlauten, stellte keine Fragen, was sie darüber in Erfahrung gebracht hätte oder was sonst mit ihnen vor Julianas Tod geschehen sei. Nicht, dass ich nicht auf glühenden Kohlen gesessen hätte, etwas darüber zu erfahren, aber ich hielt es für geschickter, so kurz nach der Katastrophe nicht schon wieder Habgier an den Tag zu legen. Ich hoffte, sie würde von sich aus etwas dazu sagen, doch sie machte niemals auch nur eine Andeutung, was ich zum gegebenen Zeitpunkt für allzu verständlich hielt. Später in der Nacht ging mir allerdings durch den Kopf, dass ihr Verschweigen Grund zur Besorgnis gäbe; denn wenn sie schon von meinen Reiseunternehmungen gesprochen hatte, von etwas so fern liegendem wie dem Giorgione in Castelfranco, dann hätte sie auch, zumindest andeutungsweise, auf das kommen können, was mich am stärksten beschäftigte, wie ihr doch sicherlich im Gedächtnis geblieben war. Es war nicht anzunehmen, dass die Aufregung, in die sie durch den Tod ihrer Tante versetzt worden war, ihre Erinnerung daran ausgelöscht hatte, dass ich mich für die Andenken aus dem Besitz der Dame interessierte; und später machte mich der Gedanke ganz unruhig, dass ihre Zurückhaltung höchstwahrscheinlich nichts anderes zu bedeuten hatte, als dass keine Erinnerungsstücke mehr existierten. Noch im Garten gingen wir auseinander – sie sagte als Erste, dass sie nun hineingehen müsse; und da sie jetzt das *piano nobile* allein bewohnte, hatte ich das Gefühl (zumindest an venezianischen Vorstellungen gemessen), nun in einer ganz anderen Ausgangslage zu sein, was das Betreten dieser Räumlichkeiten betraf. Als wir uns zum Gutenachtgruß die Hand reichten, fragte ich sie, ob sie schon irgendwelche Pläne geschmiedet hätte, schon darüber nachgedacht hätte, was nun am besten zu tun sei. »Oh ja, natürlich, aber ich habe noch keine Entschlüsse gefasst«, antwortete sie geradezu fröhlich. Erklärte sich ihre Fröhlichkeit etwa dadurch, dass sie sich vorstellte, ich würde alles für sie regeln?

Am nächsten Morgen war ich froh, dass wir praktische Fragen außer Acht gelassen hatten, denn so hatte ich einen Vorwand, sie so schnell wie möglich wiederzusehen. Eine dieser praktischen Fragen war wichtig genug, um sofort angeschnitten zu werden. Ich war es ihr schuldig, sie in aller Form wissen zu lassen, dass ich selbstverständlich nicht von ihr erwartete, mich weiterhin als Mieter zu behalten, und außerdem wollte ich ihr mein Interesse an der Bewältigung ihrer Lebensführung bekunden, ihr Auskunft geben, über wie viel Geld sie aufgrund der Mieteinnahme verfügen könnte. Doch war es mir nicht gegeben, als die Begegnung stattfand, mehr als ein paar Worte über diese beiden Punkte mit ihr zu wechseln. Ich hatte mich nicht durch eine Note bei ihr angekündigt; ich ging einfach hinab in die Empfangshalle und schlenderte dort hin und her. Ich wusste, sie würde herauskommen; sie würde sofort merken, dass ich ansprechbar war. Irgendwie zog ich es vor, nicht mit ihr in einem Zimmer eingeschlossen zu sein; Gärten und große Säle schienen mir geeigneter für ein Gespräch. Es war ein herrlicher Morgen, und es lag etwas in der Luft, wodurch sich das Ende des langen venezianischen Sommers ankündigte; eine frische Brise vom Meer her, die die Blumen im Garten hin und her wehen ließ und für einen angenehmen Luftzug im Haus sorgte, das nun weniger mit Fensterläden vergattert und verdunkelt war als zu Lebzeiten der alten Frau. Es war der Beginn des Herbstes, das Ende der goldenen Monate. Und damit war auch das Ende meines Experiments gekommen – oder würde im Laufe der nächsten halben Stunde eintreten, wenn ich wirklich erfahren hätte, dass mein Traum zu Asche zerfallen war. Danach wäre hier nichts mehr für mich zu tun, als zum Bahnhof zu gehen; denn im Ernst gesprochen – wie es mir im ersten Morgenlicht vollends bewusst geworden war – ich konnte doch nicht länger hier verweilen, um den Wächter für ein Bündel weiblicher Hilflosigkeit in mittleren Jahren zu spielen. Wenn sie die Schriften nicht gerettet hatte, wofür sollte ich dann in ihrer Schuld stehen? Mir scheint, ich zuckte ein wenig zusammen, als ich mir die Frage stellte, wie viel ich ihr denn schuldig wäre, wenn sie die Papiere doch gerettet hätte, und womit ich eine solche Gefälligkeit dann belohnen müsste. Würde dieser Dienst mir nicht letztlich aufbürden, eine Art Vormundschaft für sie zu übernehmen? Dass diese Vorstellung kein größeres Unbehagen in mir auslöste, während ich auf und ab ging, lag nur daran, dass ich überzeugt war, ich hätte nichts dergleichen zu gewärtigen. Wenn die alte Frau noch nicht alles vernichtet hatte, bevor sie mich in ihrem Wohnraum überraschte, dann hatte sie dies am Tag darauf getan.

Miss Tina brauchte erheblich länger, als ich erwartet hatte, sich meiner Einschätzung folgend zu verhalten; doch als sie schließlich herauskam, sah sie mich ohne jedes Erstaunen an. Ich ließ die Bemerkung fallen, dass ich schon auf sie gewartet hätte, und sie fragte, warum ich sie das nicht hätte wissen lassen. Ein paar Stunden später war ich froh, dass ich mich gerade noch hatte zügeln können, ihr zu antworten, dass eine freundliche Intuition es ihr hätte sagen können; es geriet mir zum Trost, dass ich nicht einmal bei einer so geringfügigen Gelegenheit mit ihrer Feinfühligkeit gespielt hatte. Was ich tatsächlich zu ihr sagte, war im Grunde die Wahrheit – dass ich zu beunruhigt gewesen sei, da ich erwartete, sie werde nun über mein weiteres Schicksal entscheiden.

»Ihr Schicksal?« sagte Miss Tina und warf mir einen befremdeten Blick zu; und während sie sprach, bemerkte ich eine seltsame Veränderung bei ihr. Ja, sie war anders als am Abend zuvor – weniger natürlich und weniger unbeschwert. Sie hatte am Tag zuvor geweint, und jetzt weinte sie nicht, und dennoch kam sie mir weniger zuversichtlich vor. Es war, als wäre im Laufe der Nacht irgendetwas mit ihr geschehen oder als hätte sie über etwas nachgedacht, das sie beunruhigte – etwas, das speziell ihre Beziehung zu mir betraf und sie peinlicher und komplizierter gestaltete. War ihr nur einfach bewusst geworden, dass sich meine Stellung dadurch, dass ihre Tante nicht mehr da war, nun verändert hatte?

»Ich meine bezüglich unserer Papiere. Sind tatsächlich welche vorhanden? Sie müssten es jetzt wissen.«

»Ja, es gibt eine ganze Menge; mehr, als ich vermutet hatte.« Ich bemerkte, wie sehr ihre Stimme bei diesen Worten zitterte.

»Wollen Sie damit sagen, Sie haben sie dort drinnen – und ich dürfte sie sehen?«

»Ich glaube nicht, dass Sie sie sehen können«, sagte Miss Tina mit einem ungewöhnlich flehenden Ausdruck in den Augen, als wäre es ihre innigste Hoffnung überhaupt, dass ich ihr diese nicht wegnähme. Aber wie konnte sie ein solches Opfer von mir erwarten, nach allem, was zwischen uns geschehen war? Wozu war ich nach Venedig zurückgekommen, wenn nicht, um diese Schriften zu sehen und sie mitzunehmen? Meine Freude darüber, dass sie noch existierten, war dermaßen groß, dass ich es nur als einen schlechten Scherz hätte ansehen können, wenn die arme Frau vor mir auf die Knie gegangen wäre und mich angefleht hätte, die Papiere nie wieder zu erwähnen. »Ich habe sie, aber ich darf sie niemandem zeigen«, fügte sie kläglich hinzu.

»Auch mir nicht? Ach, Miss Tina!« rief ich protestierend aus, und mein Tonfall klang unendlich vorwurfsvoll.

Sie wurde rot, und wieder traten ihr Tränen in die Augen; ich ermaß, welch große Qual es sie kostete, einen solchen Standpunkt einzunehmen, den ein unerbittliches Pflichtbewusstsein ihr auferlegt hatte. Fast machte es mich wütend, mich diesem speziellen Hindernis ausgesetzt zu sehen; zumal ich den Eindruck hatte, ich sei ausdrücklich ermutigt worden, es außer Betracht zu lassen. Mit Nachdruck erinnerte ich Miss Tina daran, sie habe mir versichert, dass sie, sofern es keine schwerwiegenderen Hinderungsgründe gäbe als diese …! »Sie wollen doch nicht sagen, dass Sie ihr auf dem Sterbebett ein Versprechen gegeben hätten? Genau davor, dass Sie so etwas tun, fühlte ich mich sicher. Ach, hätte sie die Papiere doch vollständig verbrannt, das wäre mir lieber gewesen, als mit solch einem Verrat fertig werden zu müssen.«

»Nein, es hat kein Versprechen gegeben«, sagte Miss Tina.

»Ich bitte Sie, was ist dann der Grund?«

Sie ließ mit der Antwort auf sich warten, aber schließlich sagte sie: »Sie hat versucht, sie zu verbrennen, aber ich habe sie davon abgehalten. Sie hatte sie in ihrem Bett versteckt.«

»In ihrem Bett …?«

»Zwischen den Matratzen. Dorthin hatte sie sie gelegt, nachdem sie sie aus dem Schrankkoffer geholt hatte. Ich kann mir nicht vorstellen, wie sie das bewerkstelligt hat, weil Olimpia ihr nicht dabei geholfen hat. Zumindest versichert sie mir das, und ich glaube ihr. Erst hinterher hat meine Tante es ihr gesagt, damit sie es nicht auseinander nimmt, sondern nur frisch bezieht. Darum war es sehr schlecht gemacht«, fügte Miss Tina schlicht hinzu.

»Das kann ich mir vorstellen! Und wie wollte sie sie verbrennen?«

»Sie selbst hat keine großen Anstrengungen unternommen; dazu war sie in den letzten Tagen viel zu schwach. Aber sie trug es mir auf – sie verlangte es von mir. Es war einfach schrecklich! Nach jener Nacht konnte sie nicht mehr sprechen. Sie konnte nur noch Zeichen geben.«

»Und was haben Sie getan?«

»Ich habe sie dort herausgenommen. Dann habe ich sie weggeschlossen.«

»Im Sekretär?«

»Ja, im Sekretär«, sagte Miss Tina und errötete erneut.

»Haben Sie ihr gesagt, Sie würden sie verbrennen?«

»Nein, das habe ich absichtlich nicht getan.«

»Absichtlich, mir zu Gefallen?«

»Ja, genau darum.«

»Und was soll mir das alles nun nützen, wenn Sie mir am Ende doch keinen Einblick gewähren?«

»Überhaupt nichts, ich weiß – das weiß ich nur zu gut«, ließ sie bedrückt verlauten.

»Und war sie in dem Glauben, Sie hätten sie vernichtet?«

»Ich weiß nicht, was sie letztlich geglaubt hat. Ich konnte ihr nichts mehr sagen – sie war zu weit entrückt.«

»Wenn es also weder ein Versprechen noch eine Zusicherung gegeben hat, dann verstehe ich nicht, woran Sie sich gebunden fühlen.«

»Ach, es war ihr so zuwider, einfach zuwider! Sie hat so eifersüchtig darüber gewacht. Aber hier ist das Porträt – Sie können es haben«, verkündete die gute Frau und holte das kleine Bildnis aus ihrer Tasche, das immer noch in dasselbe Papier gewickelt war, in das ihre Tante es gepackt hatte.

»Ich kann es haben – wollen Sie damit sagen, dass Sie es mir schenken?« fragte ich erstaunt, als sie es mir übergab.

»Aber ja.«

»Es ist aber wertvoll – es ist eine Menge Geld wert.«

»Ja gut!« sagte Miss Tina, und sie hatte immer noch diesen seltsamen Ausdruck im Blick.

Ich wusste nicht, wie ich das verstehen sollte, denn es konnte wohl kaum bedeuten, dass sie wie ihre Tante mit mir handeln wollte. Sie hörte sich so an, als wollte sie es mir tatsächlich schenken.

»Ich kann es nicht als Geschenk von Ihnen annehmen«, sagte ich, »aber ich kann es mir auch nicht leisten, Ihnen soviel dafür zu bezahlen, wie Miss Bordereau sich vorgestellt hatte. Sie veranschlagte seinen Wert auf etwa tausend Pfund.«

»Könnten wir es nicht verkaufen?« warf meine Freundin ein.

»Um Gottes willen! Das Bild bedeutet mir mehr als das Geld.«

»Gut, dann behalten Sie es.«

»Sie sind sehr großzügig.«

»Sie auch.«

»Ich weiß nicht, wie Sie darauf kommen«, erwiderte ich; und das entsprach durchaus der Wahrheit, denn das gute Geschöpf schien etwas im Sinn zu haben, was ihr besonders wichtig war, ich aber nicht im geringsten begriff.

»Nun, Sie haben eine große Veränderung in mein Leben gebracht«, sagte sie.

Ich betrachtete Jeffrey Asperns Gesicht auf dem kleinen Gemälde, auch um nicht in das meiner Begleiterin schauen zu müssen, das mich inzwischen zunehmend irritierte, mich sogar ein wenig erschreckte – denn es hatte einen so seltsamen, so angestrengten und unnatürlichen Ausdruck angenommen. Ich antwortete nicht auf diese letzte Äußerung; doch stillschweigend fragte ich Jeffrey Asperns herrliche Augen mit den meinen um Rat – sie waren so jung und strahlend und doch so weise und tief; ich wollte von ihm wissen, was um alles in der Welt mit Miss Tina geschehen sei. Er schien mich etwas spöttisch anzulächeln; wahrscheinlich hätte er sich über meinen Fall amüsiert. Um seinetwillen war ich in eine so missliche Lage geraten – als hätte er das nötig gehabt! Zum ersten und einzigen Mal seit ich ihn kannte, erwies er sich für mich als unzulänglich. Das hinderte mich jedoch nicht, da ich nun das kleine Bildnis in der Hand hielt, es als einen kostbaren Besitz anzusehen. »Ist dies eine Bestechung, damit ich die Papiere aufgebe?« fragte ich geistesgegenwärtig, aber ziemlich boshaft. »So hoch ich es auch schätze, wie Sie wissen, doch wenn ich wählen müsste, würde ich die Schriften vorziehen. Oh ja, auf jeden Fall!«

»Wie sollten Sie wählen können – wie können Sie wählen?« erwiderte Miss Tina, und sie sprach langsam und bekümmert.

»Ich verstehe! Selbstverständlich lässt sich dazu nichts weiter sagen, wenn Sie das Verbot, das Ihnen auferlegt wurde, als völlig unaufhebbar betrachten. In diesem Fall müsste es Ihnen als Pietätlosigkeit der übelsten Art, ganz schlicht als Tempelschändung vorkommen, wenn jemand die Schriften mitnähme!«

Sie schüttelte den Kopf, ganz verloren in das Unlösbare ihres Falls. »Sie würden es verstehen, wenn Sie sie gekannt hätten. Ich habe Angst!« Sie zitterte plötzlich. »Ich habe Angst! Sie war schrecklich, wenn sie verärgert war.«

»Ja, davon habe ich in jener Nacht eine Kostprobe bekommen. Sie war schrecklich. Damals habe ich ihre Augen gesehen. Mein Gott, wie wunderschön sie waren!«

»Ich sehe sie noch immer – sie starren mich im Dunkeln an!« sagte Miss Tina.

»Sie sind nervös nach allem, was Sie durchgemacht haben.«

»Oh ja, sehr – wirklich sehr!«

»Machen Sie sich keine Sorgen; das geht vorüber«, sagte ich freundlich. Dann fügte ich resigniert hinzu, denn es schien mir nun wirklich klar, dass ich die Situation so akzeptieren musste: »So ist es nun einmal, und es lässt sich nicht ändern. Ich muss verzichten.« Meine Freundin, die ihre Augen fest auf mich gerichtet hatte, gab daraufhin ein leises Ächzen von sich, und ich fuhr fort: »Ich wünschte nur, um des lieben Friedens willen, sie hätte sämtliche Schriften vernichtet; dann gäbe es nichts mehr dazu zu sagen. Und ich kann nicht verstehen, warum sie es bei ihren Vorstellungen nicht getan hat.«

»Sie hat davon gelebt!« sagte Miss Tina.

»Sie können sich vielleicht vorstellen, dass das meinen Wunsch nicht kleiner macht, sie zu sehen«, antwortete ich nicht ganz so verzweifelt. »Aber lassen Sie mich nicht so vor Ihnen stehen, als hätte ich im Sinn, Sie zu einer niederen Handlung zu verführen. Natürlich, das werden Sie verstehen, gebe ich meine Räume auf. Ich verlasse Venedig unverzüglich.« Damit nahm ich meinen Hut, den ich auf einem Stuhl abgelegt hatte. Wir standen noch immer recht unbequem mitten im Empfangssaal. Sie hatte die Tür zu ihren Wohnräumen hinter sich offen gelassen, mich jedoch nicht dorthinein gebeten.

Ein seltsames Zucken durchfuhr ihr Gesicht, als sie sah, wie ich meinen Hut ergriff. »Unverzüglich – Sie meinen, noch heute?« Der Klang dieser Worte war trostlos – ein verzweifelter Hilferuf.

»Aber nein; nicht so lange ich Ihnen in irgendeiner Weise behilflich sein kann.«

»Gut, nur noch ein oder zwei Tage – nur noch zwei oder drei Tage«, hauchte sie und schnappte nach Luft. Dann gewann sie wieder die Beherrschung und fügte in anderem Tonfall hinzu: »Sie wollte mir etwas sagen –

am letzten Tag – etwas ganz Besonderes. Aber sie konnte nicht.«

»Etwas ganz Besonderes?«

»Irgendetwas über die Papiere.«

»Und haben Sie es erraten – haben Sie irgendeine Vorstellung?«

»Nein, ich habe versucht, es herauszufinden – aber ich weiß es nicht. Ich habe schon alle Möglichkeiten bedacht.«

»Welche zum Beispiel?«

»Nun, dass alles ganz anders wäre, wenn Sie ein Verwandter wären.«

Ich verstand nicht gleich. »Wenn ich ein Verwandter wäre …?«

»Wenn Sie kein Fremder wären. Dann wäre es dasselbe für Sie wie für mich. Alles, was mir gehörte, gehörte auch Ihnen, und Sie könnten damit tun, was Sie wollten. Ich könnte Sie nicht davon abhalten – und Sie trügen nicht die Verantwortung.«

Diese drollige Erklärung trug sie so hastig und nervös vor, als brächte sie Worte hervor, die sie auswendig gelernt hatte. Sie erweckten in mir den Eindruck einer hintergründigen Spitzfindigkeit, der ich zunächst nicht zu folgen vermochte. Doch nach einer Weile half mir ihr Gesichtsaudruck, sie besser zu verstehen, und dann ging mir ein Licht auf, ein höchst sonderbares Licht. Es war mir peinlich, und ich beugte meinen Kopf über Jeffrey Asperns Bildnis. Welch seltsamer Ausdruck zeigte sich in seinem Gesicht! »Sieh zu, dass du da rauskommst, alter Junge!« Ich steckte das kleine Bild in meine Manteltasche und sagte zu Miss Tina: »Gut, ich werde es für Sie verkaufen. Ich werde auf keinen Fall tausend Pfund dafür bekommen, aber sicherlich einen guten Preis.«

Sie sah mich durch einen bemitleidenswerten Tränenschleier an, versuchte aber wohl zu lächeln, als sie antwortete: »Wir können uns das Geld teilen.«

»Nein, nein, es soll alles Ihnen gehören.« Und ich fuhr fort: »Ich glaube, ich weiß, was Ihre arme Tante sagen wollte. Sie wollte Anweisungen geben, dass ihre Papiere mit ihr begraben werden sollten.«

Miss Tina schien diesen Vorschlag abzuwägen; dann antwortete sie mit erstaunlicher Entschiedenheit: »Oh nein, das hätte sie nicht für sicher gehalten!«

»Mir scheint, nichts könnte sicherer sein.«

»Sie hatte die Vorstellung, dass Leute, die etwas veröffentlichen wollen, in der Lage wären ...!« Und sie hielt inne, lief puterrot an.

»Ein Grab zu schänden? Um Gottes willen, was muss sie von mir gedacht haben!«

»Sie war nicht gerecht, sie war nicht großzügig!« rief meine Begleiterin in einem plötzlichen Gefühlsausbruch aus.

Das Licht, das mir kurz zuvor aufgegangen war, erhellte immer mehr das Dunkel. »Ach, sagen Sie nicht so etwas, so schrecklich ist nun einmal der Menschenschlag.« Dann fuhr ich fort: »Wenn sie ein Testament hinterlassen hat, könnte Ihnen das vielleicht einen Hinweis geben.«

»Ich habe nichts dergleichen gefunden – sie hat es vernichtet. Sie hatte mich sehr gern«, fügte Miss Tina in einem Anfall von größter Inkonsequenz hinzu. »Sie wollte, dass ich glücklich bin. Und wenn irgendjemand gut zu mir sein sollte – dann wollte sie das berücksichtigen.«

Ich war fast von Ehrfurcht ergriffen durch soviel Scharfsinn, der die gute Dame so plötzlich beflügelt hatte, eine geradezu durchsichtige Schlauheit, aber, wie man so sagt, mit heißem Faden genäht. »Darauf können Sie sich verlassen, auf keinen Fall wollte sie irgendeine Bestimmung aufnehmen, die mir angenehm gewesen wäre.«

»Nein, nicht Ihnen, aber doch mir. Sie wusste, dass es mir gefallen würde, wenn Sie Ihre Pläne ausführen könnten. Nicht weil ihr an Ihnen etwas lag, sondern weil sie mein Wohl im Sinn hatte«, fuhr Miss Tina in ihrer unerwarteten Redegewandtheit fort, die durchaus überzeugend wirkte. »Sie könnten die Papiere sehen – Sie könnten sie auch benutzen.« Sie hielt inne, als sie sah, dass ich den Sinn ihres Konditionals erfasste – hielt lange genug inne, um mir die Zeit für ein Zeichen zu geben, das ich nicht gab. Es muss ihr jedoch zu Bewusstsein gekommen sein, dass mein Gesicht, auch wenn es die größte peinliche Betroffenheit zeigte, die sich wohl je in einem menschlichen Antlitz abgezeichnet hatte, keineswegs steinern im Ausdruck war, sondern ebenso voller Mitgefühl. Noch lange Zeit danach war es mir ein Trost, wenn ich mir sagen konnte, dass sie an mir nicht das kleinste Anzeichen von Respektlosigkeit wahrgenommen haben kann. »Ich weiß nicht, was ich tun soll; mich plagen zu viele Zweifel. Ich schäme mich zu sehr!« fuhr sie in heftiger Erregung fort. Dann wandte sie sich von mir ab, begrub ihr Gesicht in den Händen und brach in eine Flut von Tränen aus. Wenn sie nicht wusste, was sie tun sollte, kann man sich gut vorstellen, dass ich es auch nicht besser wusste. Sprachlos stand ich da und betrachtete sie, während ihre Seufzer in der großen leeren Halle widerhallten. Ganz plötzlich wandte sie sich wieder mir zu, tränenüberströmt. »Ich würde Ihnen alles geben, und sie würde es verstehen, dort, wo sie jetzt ist – sie würde mir vergeben!«

»Ach, Miss Tina – ach, Miss Tina«, stammelte ich statt einer Antwort. Ich wusste nicht, was ich tun sollte, wie ich bereits sagte, doch aufs Geratewohl machte ich eine wilde, unbestimmte Bewegung, und ehe ich mich 's versah, fand ich mich an der Tür wieder. Ich erinnere mich, wie ich dort stand und sagte: »Es würde nicht funktionieren, es würde nicht funktionieren!« Und ich sagte es gedankenschwer, unbeholfen, beinahe lächerlich, während ich woandershin schaute, zur gegenüberliegenden Seite der *sala*, als gäbe es dort etwas Interessantes zu sehen. Das Nächste, woran ich mich erinnere, war, dass ich mich unten und außerhalb des Hauses befand. Dort lag meine Gondel, und mein Gondoliere, der es sich in den Kissen gemütlich gemacht hatte, richtete sich auf, sobald er mich sah. Ich sprang hinein, und auf seine übliche Frage »*Dove commanda*?« antwortete ich in einem Ton, der ihn erstarren ließ: »Irgendwohin, nur fort; hinaus in die Lagune!« Er ruderte mit mir davon, und ich saß niedergeschmettert da und stöhnte leise vor mich hin, den Hut tief über die Stirn gezogen. Was in aller Himmel Namen hatte sie gemeint, wenn nicht, mir ihre Hand anzubieten? Das war der Preis, das also war der Preis! Und dachte sie etwa, ich wollte ihn haben, die eigensinnige arme Frau, die sich Illusionen hingegeben hatte, die völlig vernarrt war? Mein Gondoliere, der hinter mir stand, muss gesehen haben, wie meine Ohren rot wurden, als ich darüber nachsann, bewegungslos dasitzend unter der flatternden *tenda*, mein Gesicht weiterhin unter dem Hut versteckt, sodass ich nichts wahrnahm, während wir dahinglitten – als ich also darüber nachsann, ob ihre Verblendung, ihre Vernarrtheit von mir selbst leichtsinnig verschuldet waren. Hatte sie etwa gedacht, ich mache ihr den Hof, nur um an die Papiere heranzukommen? Ich hatte es nicht getan, nein, ich hatte es nicht getan; ich wiederholte es mir immer und immer wieder, eine Stunde, zwei Stunden lang, bis ich erschöpft war, wenn auch nicht überzeugt. Ich weiß nicht, wohin in der Lagune mein Gondoliere mit mir fuhr; wir trieben ziellos und mit nur wenigen langsamen Ruderschlägen dahin. Irgendwann wurde ich gewahr, dass wir uns nahe dem Lido befanden, weit draußen und rechter Hand, wenn man Venedig den Rücken zukehrt, und ich ließ mich dort an Land setzen. Ich wollte gehen, mich bewegen, etwas von meiner Bestürzung abwerfen. Ich überquerte den schmalen Landstreifen und gelangte zum Strand auf der Meerseite – dort ging ich weiter in Richtung Malamocco. Doch plötzlich warf ich mich auf den warmen Sand nieder, in die Meeresbrise, ins trockene harte Gras. Der Gedanke ließ mir keine Ruhe, ich hätte den schrecklichen Fehler begangen, zwar unabsichtlich aber nichtsdestoweniger beklagenswert, leichtfertig mit ihr umgegangen zu sein. Aber ich hatte ihr keinen Grund gegeben – nein, ganz entschieden nicht. Zwar hatte ich zu Mrs. Prest gesagt, dass ich ihr den Hof machen würde; aber es war ein Scherz ohne alle Konsequenzen gewesen, und zu meinem Opfer hatte ich so etwas nie gesagt. Ich war so freundlich wie möglich gewesen, weil ich sie wirklich gern mochte; aber seit wann war das ein Verbrechen, zumal wenn eine Frau von solchem Alter und solcher äußeren Erscheinung betroffen war? Ich bin weit davon entfernt, mich klar an die Abfolge von Ereignissen und Empfindungen zu erinnern, die dieser lange Tag voller Wirrnisse mit sich brachte und den ich ausschließlich mit Umherwandern verbrachte; erst spät in der Nacht kehrte ich nach Hause zurück. Nur eines fällt mir wieder ein, dass es Momente gab, in denen ich mein Gewissen beruhigte, und andere, in denen ich es aufstachelte, bis es schmerzte. Den ganzen Tag lang lachte ich nicht – daran erinnere ich mich genau; mir gab der Fall gar keinen Grund zur Heiterkeit, wie auch immer er anderen vorgekommen sein mag. Vielleicht hätte ich besser daran getan, ihn von der komischen Seite zu betrachten. Ob ich nun Grund gegeben hatte oder nicht, auf jeden Fall bestand kein Zweifel, dass ich den Preis nicht bezahlen konnte. Ich konnte den Antrag nicht annehmen. Ich konnte nicht für ein Bündel zerfetzter Papiere eine lächerliche, weinerliche, provinzielle alte Frau heiraten. Es war doch ein Beweis, wie wenig sie selbst davon überzeugt war, dass diese Idee mir gefallen könnte, dass sie sich entschlossen hatte, sich in dieser vernünftigen, folgerichtigen, heroischen Weise zu erklären – jedoch mit der Schüchternheit, die so viel anrührender ist als die Kühnheit, sodass der Eindruck entstand, ihre Verstandesgründe kämen erst und dann ihre Gefühle.

Je weiter der Tag voranschritt, empfand ich mehr und mehr den Wunsch, ich hätte nie von Jeffrey Asperns Hinterlassenschaften gehört, und ich verfluchte die übertriebene Neugier, die John Cumnor dazu verleitet hatte, ihnen nachzuspüren. Auch ohne sie verfügten wir über ausreichend Material, und meine missliche Lage war die gerechte Strafe für die verhängnisvollste aller menschlichen Dummheiten, nämlich nicht zu wissen, wann wir hätten aufhören müssen. Es wäre nur allzu leicht zu sagen, dass die Lage gar nicht so misslich sei, dass ein Ausweg leicht zu finden sei, dass ich Venedig nur mit dem ersten Morgenzug verlassen müsse, nachdem ich Miss Tina einen kurzen Brief geschrieben hätte, der ihr erst ausgehändigt werden dürfte, nachdem ich das Haus endgültig verlassen hätte; doch wie verzwickt die Lage wirklich für mich war, das erwies sich, als ich mir im Kopf den Inhalt meines Briefes zurechtzulegen versuchte – ich wollte ihn zu Papier bringen, sobald ich wieder zu Hause wäre, noch vor dem Schlafengehen – denn mir fiel nichts anderes ein als »Wie kann ich Ihnen danken für das außerordentliche Vertrauen, das Sie mir entgegengebracht haben?« Das konnte so auf keinen Fall stehen bleiben; es hörte sich so an, als würde gleich eine Annahme ihres Antrags folgen. Natürlich konnte ich mich auch aus dem Staub machen, ohne überhaupt etwas zu schreiben, aber das wäre brutal gewesen, und ich hatte noch immer die Vorstellung, ohne brutale Lösungen auszukommen. Als meine Verwirrung sich legte, begann ich mich selbst darüber zu wundern, welche Bedeutung ich Julianas zerknüllten Papierfetzen beigemessen hatte; schon der Gedanke daran war mir nun widerwärtig, und ich ärgerte mich ebenso sehr über die alte Hexe mit ihrem Aberglauben, der sie davon abgehalten hatte, die Papiere zu vernichten, wie über mich selbst, weil ich bereits mehr Geld ausgegeben hatte, als ich mir leisten konnte, nur weil ich deren Schicksal in meine Hand nehmen wollte. Ich habe vergessen, was ich weiter tat, wohin ich ging, nachdem ich den Lido verlassen hatte, und zu welcher Tageszeit und in welcher Gemütsverfassung ich den Rückweg zu meinem Boot antrat. Ich weiß nur noch, dass ich am späten Nachmittag, als der Himmel im Sonnenuntergang glühte, vor der Kirche Santi Giovanni e Paolo stand und hinaufschaute zu dem kleinen kantigen Gesicht des schrecklichen *condottiere* Bartolommeo Colleoni, der so unbeirrt rittlings auf seinem riesigen Bronzepferd sitzt, hoch oben auf dem Podest, auf dem ihn die Venezianer in ihrer Dankbarkeit thronen lassen. Die Statue ist unvergleichlich schön. Das kunstvollste aller Reiterstandbilder, wenn nicht das des Marc Aurel, der in seiner Güte vor dem römischen Kapitol reitet, noch kunstvoller wäre; doch darum drehten sich meine Gedanken nicht; ich starrte den siegreichen Heerführer einfach nur an, als hätte er ein Orakel auf den Lippen. Um diese Zeit scheint die Abendsonne von Westen her auf seine grimmigen Züge und lässt ihn wunderbar lebendig wirken. Doch er blickte weiterhin über meinen Kopf hinweg in die Ferne, in den roten Untergang eines weiteren Tages – er hatte im Laufe der Jahrhunderte so viele in die Lagune hineintauchen sehen – und sollte er an Schlachten und Kriegslisten denken, dann waren sie von ganz anderer Art, als die, von denen ich ihm zu erzählen hätte. Er konnte mir keine Anweisung geben, was ich tun sollte, da mochte ich noch so lange zu ihm aufblicken. War es vorher oder nachher, dass ich etwa eine Stunde in den kleinen Kanälen herumfuhr, zur fortgesetzten Verwunderung meines Gondoliere, der mich noch nie so ruhelos und zugleich so ziellos erlebt hatte und mir keine andere Anweisung entlocken konnte als »Fahr irgendwohin – wohin du willst – überallhin«? Er erinnerte mich daran, dass ich nicht zu Mittag gegessen hatte, und äußerte daher respektvoll die Hoffnung, dass ich zeitig zu Abend essen würde. Er hatte im Laufe des Tages etliche Stunden Freizeit gehabt, immer wenn ich das Boot verließ und umherstreifte, sodass ich mich nicht verpflichtet fühlte, nun an sein Wohl zu denken, und ich teilte ihm mit, dass ich aus bestimmten Gründen bis zum nächsten Tag keine Nahrung anrühren würde. Es war dem so wenig aussichtsreichen Antrag der unglücklichen Miss Tina zu verdanken, dass ich fast völlig den Appetit verloren hatte. Ich weiß nicht, warum mir gerade in der jetzigen Situation mehr denn je die seltsame Atmosphäre von Geselligkeit, von Vetternwirtschaft und Familienleben in den Sinn kam, die das venezianische Leben wesentlich prägen. Da es hier keine Straßen mit Fahrzeugen gibt, keinen Lärm von Rädern, keine ausbrechenden Pferde, stattdessen aber die kleinen, verschlungenen Gassen, wo die Leute sich drängen, wo die Stimmen klingen wie in Hausfluren, wo die Schritte der Menschen einen Zickzack vollführen, als müssten sie um Möbelecken herumgehen, und wo man seine Schuhe niemals abträgt, wirkt die ganze Stadt wie ein riesiges gemeinschaftliches Wohnhaus, in dem die

Piazza San Marco die am schönsten ausgestattete Ecke darstellt und die Palazzi und Kirchen, die es sonst noch gibt, die Rolle von großen Ruhelagern spielen, von gastlichen Tafelrunden und ausladenden Dekorationen. Und irgendwie erinnert das prachtvolle Gemeinschaftsdomizil, das so vertraut und häuslich wirkt, so voller Widerhall, auch an ein Theater mit seinen Schauspielern, die mit klappernden Absätzen über Brücken gehen und in langsamen Prozessionen über das Pflaster trippeln. Wenn man in seiner Gondel sitzt, werden die Fußwege, die in manchen Stadtteilen unmittelbar an die Kanäle grenzen, für das Auge des Betrachters zu Bühnen, die auf Augenhöhe liegen, und die venezianischen Gestalten, die sich vor dem schon recht verwitterten Bühnenbild mit ihren kleinen Lustspielhäusern hin und her bewegen, erscheinen einem wie Mitglieder einer unendlich großen Theatertruppe.

In dieser Nacht fiel ich sehr müde ins Bett, ohne vorher noch in der Lage gewesen zu sein, ein paar Worte an Miss Tina zu formulieren. Lag es an diesem Versäumnis, dass ich am nächsten Morgen, gleich nach dem Erwachen, den dringenden Wunsch in mir verspürte, die gute Dame wiederzusehen, sobald sie bereit wäre, mich zu empfangen? Es hatte etwas damit zu tun, aber entscheidender noch war die Tatsache, dass sich während des Schlafs der seltsamste Umschwung in meinem Geist abgespielt hatte. Dies wurde mir fast im selben Augenblick klar, in dem ich die Augen öffnete: Es ließ mich mit einem Schwung aus dem Bett springen, wie ein Mann es tut, dem eingefallen ist, dass er die Haustür offengelassen hat oder noch eine Kerze unter einem Regalbrett brennt. Kam ich noch rechtzeitig genug, um meine Habseligkeiten zu retten? Diese Frage bohrte in meinem Herzen; denn was sich jetzt ereignet hatte, war das Folgende, das ich in der unbewussten Gehirntätigkeit des Schlafes mit einem Satz zu der leidenschaftlichen Wertschätzung von Julianas Kostbarkeiten zurückgekehrt war. Die Stücke, die sich in ihrem Besitz befanden, waren mir jetzt kostbarer als je zuvor, und mein Bedürfnis, sie in meinen Besitz zu bringen, zeigte sich mit nicht zu bändigender Heftigkeit. Die Bedingung, die Miss Tina an die Verwirklichung des Vorhabens geknüpft hatte, schien mir nicht länger ein Hindernis, über das es lange nachzudenken galt, und in den ersten Morgenstunden schob ich es mit Reue über mein bisheriges Verhalten erst einmal beiseite. Es war absurd, dass ich nicht in der Lage sein sollte, mir irgendetwas einfallen zu lassen; absurd, so leicht die Flinte ins Korn zu werfen und sich hilflos abzuwenden, entmutigt von der Vorstellung, dass die einzige Möglichkeit, in den Besitz der Papiere zu gelangen wäre, mich für mein ganzes Leben mit Miss Tina zu verbinden. Vielleicht musste ich mich nicht binden, könnte aber doch bekommen, was sie hatte. Ich muss hinzufügen, dass mir zu dem Zeitpunkt, als ich bei Miss Tina nachfragen ließ, ob sie mich empfangen würde, noch keine andere Lösung eingefallen war, und daher zog ich mein Ankleiden in die Länge, weil ich noch immer auf einen Geistesblitz hoffte. Diese Einfallslosigkeit war bedrückend, doch welche Alternative bot sich mir? Miss Tina ließ mich wissen, ich könne zu ihr kommen; und als ich die Treppe hinabstieg und durch den Empfangssaal zu ihrer Tür ging – diesmal empfing sie mich im verwaisten Salon ihrer Tante – hoffte ich, sie erwartete nicht, dass ich mit einer »günstigen« Antwort gekommen sei. Sie dürfte meine abweisende Reaktion vom Vortage verstanden haben.

Sobald ich das Zimmer betrat, wurde mir klar, dass es tatsächlich so war, aber ich bemerkte auch etwas, womit ich nicht gerechnet hatte. Das Gefühl des Scheiterns hatte in der armen Miss Tina eine seltsame Veränderung bewirkt, doch ich war zu sehr mit Kriegslisten und Beutezügen befasst gewesen, um so etwas in Betracht zu ziehen. Jetzt wurde ich es gewahr; ich vermag kaum zu sagen, wie sehr es mich überraschte. Sie stand in der Mitte des Zimmers, das von Milde erfüllte Gesicht mir zugewandt, und ihr Blick voller Vergebung und Verzeihen verlieh ihr etwas Engelhaftes. Er machte sie schöner; sie war jünger, sie war nicht mehr die lächerliche ältere Frau. Diese Besonderheit in ihrem Ausdruck, dieser Zauber ihres Geistes machte eine andere aus ihr, und während ich diese Verwandlung noch auf mich wirken ließ, vernahm ich irgendwo in den Tiefen meines Bewusstseins ein Flüstern: »Warum nicht, warum eigentlich nicht?« Plötzlich hatte ich das Gefühl, ich könnte den Preis sehr wohl zahlen. Deutlicher aber als das Flüstern hörte ich Miss Tinas Stimme. Ich war so verblüfft von dem veränderten Eindruck, den sie auf mich machte, dass ich nicht gleich in aller Deutlichkeit vernahm, was sie zu mir sagte; dann verstand ich, dass sie mir Lebewohl gewünscht hatte – sie sagte etwas in der Art, sie hoffe, dass ich sehr glücklich werde.

»Leben Sie wohl – leben Sie wohl?« wiederholte ich

mit einer fragenden Hebung in der Stimme, und ich hörte mich wahrscheinlich töricht an.

Wie ich sah, bemerkte sie den fragenden Ton nicht, sie hörte nur die Worte. Sie hatte sich dazu durchgerungen, unsere Trennung hinzunehmen, und meine Worte klangen in ihren Ohren wie ein Beweis dafür. »Reisen Sie noch heute ab?« fragte sie. »Aber es ist ohne Belang, denn wann immer Sie gehen, ich werde Sie nicht wiedersehen. Ich möchte es nicht.« Und sie lächelte seltsam, mit einem Ausdruck von unendlicher Güte. Sie hatte nie daran gezweifelt, dass ich sie am Tag zuvor voller Entsetzen verlassen hatte. Wie hätte sie daran zweifeln können, da ich ja nicht vor Mitternacht zurückgekommen war, um diesem Eindruck zu widersprechen, und sei es auch nur der Form halber, nur als ein Akt von Menschlichkeit? Und nun bewies sie die Seelenstärke – eine Miss Tina mit Seelenstärke war eine ganz neue Vorstellung – mir im Augenblick ihrer Niedergeschlagenheit zuzulächeln.

»Was werden Sie tun – wohin werden Sie gehen?« fragte ich.

»Das weiß ich nicht. Ich habe die große Tat vollbracht. Ich habe die Papiere vernichtet.«

»Vernichtet?« sagte ich ungläubig.

»Ja; wofür sollte ich sie aufbewahren? Ich habe sie letzte Nacht verbrannt, in der Küche, Stück für Stück.«

»Stück für Stück?« kam es von mir wie ein Echo.

»Es hat viel Zeit gebraucht – es waren so viele.« Das Zimmer schien sich um mich zu drehen, als sie das sagte, und einen Moment lang senkte sich völlige Dunkelheit über meine Augen. Als dieser Anfall vorüber war, stand Miss Tina immer noch da, aber mit der Verwandlung war es vorbei, und sie hatte sich in die schlichte, schäbige ältere Frau zurückverwandelt. Und in dieser Rolle hörte ich sie nun sagen: »Ich kann nicht länger in Ihrer Nähe bleiben, ich kann es nicht.« Und noch in derselben Rolle kehrte sie mir den Rücken zu, wie ich ihr den meinen vierundzwanzig Stunden zuvor zugekehrt hatte, und begab sich zur Tür, die in ihr Zimmer führte. Hier tat sie, was ich nicht getan hatte, als ich sie verließ – sie hielt inne, blieb lange genug stehen, um mir einen Blick zuzuwerfen. Ich habe diesen Blick nie vergessen und manchmal leide ich noch immer unter ihm, obgleich er nicht vorwurfsvoll war. Nein, in der guten Miss Tina war kein Groll, nichts Gekränktes oder Nachtragendes; denn als ich ihr später eine größere Summe Geldes schickte, nämlich den Preis für das Bildnis von Jeffrey Aspern, der höher war, als ich dafür zu erlösen gehofft hatte, und ihr dazu schrieb, dass ich das Bild verkauft hätte, behielt sie dankend das Geld; zumindest schickte sie es nie zurück. Ich schrieb ihr, dass ich das Bild verkauft hätte, gestand aber damals Mrs. Prest – diese Freundin traf ich im Herbst in London –, dass es über meinem Schreibtisch hänge. Wenn ich es ansehe, kann ich meinen Verlust kaum ertragen – ich spreche von den kostbaren Papieren.

Venedig kann sehr kalt sein

Nachwort zu Henry James' *Aspern-Schriften*

Von Bettina Blumenberg

Die Geheimnisse werden nicht gelüftet. Soeben sind wir Zeuge eines venezianischen Sommers geworden, in dem sich Einmaliges, Unerhörtes abgespielt hat, wie es sich für eine Novelle gehört, doch wie in einem Kriminalstück fangen die Fragen jetzt erst an, noch ist nicht geklärt, wer Täter, wer Opfer ist und ob das Tatmotiv, obskure Dichterworte als Objekt der Begierde, jemals existiert hat. Von dem einen Verdächtigen kennen wir weder den falschen noch den richtigen Namen, von allen Beteiligten wissen wir nichts über ihr Alter und ihr Aussehen. Die Camouflage ist perfekt gelungen. Wir wissen nicht, ob wir die Jüngeren als ein Paar imaginieren sollen, das eigentlich gut zusammen gepasst hätte, aber, schade, schade, es ist alles anders gekommen …

Als Henry James diese Erzählung 1888 schrieb, hatte er seine literarische Technik zu einer Vollkommenheit verfeinert, die ihm keinen Erfolg mehr in seiner Leserschaft bescherte. Die Indirektheit seines Stils, der Anspielungsreichtum und die stetig sich verknappende, immer komplexer werdende Sprache, die er gern einem

Erzähler in den Mund legte, gar nicht zu reden von der Rigorosität und Unerbittlichkeit seiner Ironie, mit der er seinen Figuren zu Leibe rückte, hatten ihn zunehmend zu einem Autor für literarisch Gebildete gemacht, so hieß es, lieber möchte ich sagen, für Lesende, die an der kleinen Mühe der Entschlüsselung, am Gedankenspiel des erhellenden Lesens Lust haben. Gerade bei dieser Erzählung drängt sich die Empfindung auf, dass die Lust am Text Ersatz für die im Text selbst nicht gebotene, ja verweigerte Lust ist. Denn neben der Zuspitzung seiner literarischen Methode führt James hier auch eines seiner Lebensthemen zu einem Höhepunkt: das nicht gelebte Leben, nenne man es auch das verfehlte, verspielte, verhinderte, das freudlose. Nirgendwo vollzieht er die Durchführung des Motivs so rückhaltlos auf allen Ebenen, so variantenreich nicht nur in der Darstellung der Personen und ihres stets irrigen Tuns, sondern sogar in Bezug auf den Ort der Handlung und seine Schauplätze, die immer Kulisse sind. Welch eine Kunst der Auslassung oder der Unterlassung, Venedig zur Bühne des Geschehens zu machen und die Lagunenstadt völlig ihrer romantischen Allusionen und kulturellen Accessoires zu entkleiden, so dass nichts als düstere Kanäle, ein verfallender Palazzo und ein unwirtlicher Lido übrig bleiben, eine Stadt, die ansonsten aus dem Markusplatz mit Café Florian besteht, außerhalb dessen man sich hoffnungslos verläuft. Welch eine Kunst, einer Stadt wie Venedig eine solche Seelenkälte einzuhauchen, denn Seelenlandschaft ist hier alles.

James hat Venedig viele Male besucht, und man darf davon ausgehen, dass jeder Schritt, den er seine Figuren tun lässt, Widerhall seiner eigenen Schritte ist. 1881 verlebte er dort seinen ersten längeren Aufenthalt, bei dem er, im Café Florian sitzend, Beobachtungen festhielt, die er später in verschiedene Erzählungen aufnahm. Erst bei seinem nächsten Besuch im Jahr 1887, als er in dem feuchten und unwirtlichen Palazzo Recanati zu Gast war, kam ihm eine Anekdote in den Sinn, die er früher in Florenz gehört hatte, und nach dem Umzug in den freundlicheren Palazzo Barbaro begann er mit der Niederschrift der *Aspern-Schriften*. Doch weder der ungemütliche noch dieser Palazzo, am Canal Grande gelegen, dienten ihm als Modell – letzterer figurierte Jahre später in seinem Roman *Die Flügel der Taube* – sondern ein Palazzo Cappello nahe dem Ponte Bergami unweit des Bahnhofs. Und nun das Erstaunliche: So unbelebt die Stadt bleibt, so lebendig wird das Haus, in das sich der Erzähler Einzug verschafft. Der alte Palazzo wird wie ein Lebewesen behandelt, ein Haustier mit Eigenschaften, das stille Resignation verströmt, als habe es seine eigentliche Karriere verfehlt, nämlich Hülle für ein glanzvolles Leben zu sein. Seine Außenhaut bietet Fläche für venezianische Lichtspiele, wenn die Abendsonne sie in rosigen Schimmer taucht. Die bröckelnde Fassade, so reizvoll und verführerisch, dass keine Frau in diesem Buch es mit ihr aufnehmen kann, wird beschrieben als reine Malerei. Hier entfaltet James vor dem Blick des Lesers eine Vedute von Canaletto, dem venezianischen Maler (1697–1768) und Porträtisten seiner Heimatstadt, einem Meister der Lichtregie, der wie kein anderer die Sonne so auf Mauerstücke zu lenken verstand, dass noch aus dem ärmlichsten Winkel eine glanzvolle Stadtansicht wurde. Aber für den Palazzo mit seinen Balkonen, Pilastern, Bögen und Stukkaturen wie für seine schmucklosen Bewohner gilt: An die Stelle des wahren Lebens tritt die Kunst. Dieses Leitmotiv beherrscht die Erzählung mehr, als der wüste Plot auf den ersten Blick vermuten lässt.

Diesem liegt die Anekdote aus Florenz zugrunde, die sich dort im Jahr 1879 zugetragen hat. Die hoch betagte Claire Clairmont, die Halbschwester von Shelleys Frau und Mutter von Lord Byrons Tochter Allegra, lebte von aller Welt vergessen mit ihrer Nichte in Florenz, wo ein glühender Shelley-Verehrer namens Silsbee sich als Untermieter Zugang zur ehemaligen Entourage seines Idols verschaffte, um an dessen literarische Hinterlassenschaften zu gelangen. Nach dem Tod der Tante bot ihm die Nichte die Papiere zu demselben Preis wie Miss Tina in der Erzählung an, woraufhin er die Flucht ergriff. Natürlich hat James die Geschichte auf seine Weise erzählt, sie an einen anderen Schauplatz verlegt und seine Figuren als mixta composita aus mehreren gestaltet, wie es sich für einen Dichter gehört. Grund zu Spekulationen, wer sich alles in ihnen verberge. Dass mit Aspern der englische Dichter der Hochromantik Percy B. Shelley (1792 – 1822) gemeint sei, findet ebenso plausible Begründungen wie eine Identifikation mit dem ebenfalls romantischen Dichter Lord Byron (1788 – 1824). Der eine starb in Italien, der andere in Griechenland, beide im selbstgewählten Exil wie Aspern. James hat Shelley hoch geschätzt und ihn einen »göttlichen Dichter« genannt, wie er Aspern einen Gott nennt, während er den stets ironischen Byron als leidenschaftlichen Geist glühend verehrte und Aspern dessen dandyhafte Züge verlieh. Seine belustigten Augen blicken wissend, Byrons erfrischenden Sarkasmus verratend, aus dem Porträt auf den gepeinigten Helden. Die intendierte Offenheit des Wer-bin-ich-Spiels findet darin ihre Spiegelung, dass die alte Dame den Namen ihres früheren Liebhabers nicht ein einziges Mal über ihre Lippen lässt. Der Erzähler hingegen, immer für eine Hinterhältigkeit gut, führt den Leser in ein Labyrinth von zweifelhaften Ahnungen, solcherart, dass sich die Geliebte in jungen Jahren einem für ihre Zeit allzu freizügigen Liebesleben hingegeben habe. Andeutungen natürlich nur. Shelley aber war es, der gesellschaftliche Konventionen und Moralvorstellungen durchbrach, den Ehestand in Frage stellte, sich hymnisch zur freien Liebe bekannte und die ideale Schönheit der weiblichen Seele feierte; zugleich stellte er den Dichter als den stets getriebenen, seiner Heimat entfremdeten und ewig auf der Wanderschaft befindlichen Geist dar. Motive, die dem steinernen Zölibatär und freiwillig Expatriierten James lebenslang Grund gaben, seine literarischen Metaphernfelder zu beackern. Hier konnte er nun, da er seinen Shelley-Byronschen Aspern wie auch die Geliebte Clairmont-Bordereau zu Amerikanern machte, eine Variation seines wichtigsten kulturkritischen Themas zum Klingen bringen, den lebensweltlichen wie auch seelisch-geistigen Unterschied und die kulturelle Unvereinbarkeit des alten und des neuen Kontinents.

Eine der abenteuerlichsten und interessantesten Mutmaßungen im allzu beliebten Who is Who spielt damit, dass sich in Aspern die Initialen ASP und damit der russische Dichter Alexander S. Puschkin verberge, dessen berühmte Erzählung *Pique-Dame*, 1834 erschienen, James als Inspirationsquelle gedient haben könnte. Nicht von der Hand zu weisen, denn die Ähnlichkeiten in der Geschichte sind zahlreich, aber die Unterschiede ebenso, und das Geheimnis schreit nach Ergründung. Ehe ich mich aber in Spekulationen verliere und meinen Lesern Verstrickungen in Beweisketten aus fremden literarischen Gefilden zumute, biete ich Ihnen meinen Hinweis lieber als Anregung dafür, sich die mysteriöse Puschkin-Erzählung *Pique-Dame* noch einmal zur Lektüre vorzunehmen.

Für die Aufhellung der dunkel gestimmten Erzählung trägt die Wiedererkenntnis alles und nichts bei. James selbst hat einmal gesagt, er habe jenen Captain Silsbee zwar ein wenig gekannt, aber es gebe nicht den geringsten Widerschein seiner Person in den *Aspern-Schriften*, auch sei er froh, Claire Clairmont und ihre Nichte nicht mehr kennengelernt zu haben. Er darf seine Figuren nach seinem Belieben gestalten, und das geht in eine ebenso sinnenferne wie theatralische Richtung, schließlich habe er die Essenz dessen genommen, was er einmal »die letzte Szene in dem reichlich düsteren Shelley-Drama, das sich in dem Theater unserer heutigen ›Modernität‹ abgespielt hat« nannte, und so darf man mit Fug und Recht Aspern als die Figura composita eines amerikanischen Byron-Shelley mit Puschkinschen Zügen ansehen.

Dieses Ideal eines Dichters und Ideal einer fiktiven Figur, diese Sehnsuchtsmetapher in einem ungelebten Leben und Sehnsuchtsfigur zart angedeuteter homoerotischer Phantasien – wenn der Erzähler sich vorstellt, Julianas Hand berühren zu dürfen, die einmal von Asperns Hand berührt worden ist, äußerste erotische Kühnheit in einem ansonsten geradezu puritanischen Text mit »low amatory coefficient« (wie einer seiner Ärzte Henry James einmal diagnostizierte) – eine solche Lichtgestalt ist Ursache und Motiv, fast szenische Folie, Teil des Bühnenbilds in Gestalt eines Porträts in diesem düsteren Drama, wie James in seiner theatralischen Formulierung sagt.

Den Hinweis muss man ernst nehmen: Er hat seine Erzählung wie ein Theaterstück angelegt, ein Kammerspiel, Drama in drei Akten mit einem Epilog. Zur Symmetrie der Anlage gehören drei Protagonisten: der Erzähler, ein alters- und namenloser Literat ohne Aussehen. Die Alte, steinalt und unsichtbar. Die Jüngere, alterslos und ohne Aussehen; sowie drei Nebenfiguren: Mrs. Prest, mütterliche Freundin, meist in der Sommerfrische. Ein Diener, Analphabet und in Maßen ergeben, für Intrigen ungeeignet. Ein Dienstmädchen, rothaarige Venezianerin, wahrscheinlich von Tizian, für Affären im Haus ungeeignet. Allen gemeinsam ist ihre Gesichtslosigkeit.

Erster Akt: Exposition und Entfaltung des Motivs, zweiter Akt: Durchführung des Plans bis zur Klimax, dritter Akt: Absturz und Katharsis. Epilog: Versuch, das Scheitern in Gewinn umzumünzen.

Doch wer ist gescheitert und wer triumphiert? Das klassische Drama liebt den Umkehrschluss, der biblischen Weisheit von den Letzten und den Ersten folgend, und folgerichtig hat James sein Theaterstück nach den

Ordnungsgesetzen des klassischen Dramas gebaut, bei dem die Einheit von Zeit, Ort und Handlung gewahrt werden muss.

Die erzählte Zeit währt einen Sommer lang, und symbolisch entfaltet sie sich in einem Garten von dessen Anlage, dem Umgraben und Bewegen von Erdmassen, über das erste Aufblühen bis zu seiner vollen Prachtentfaltung. Dann entschwindet der Garten aus dem Blickfeld, als sei er verblüht, und damit ist der venezianische Sommer vorbei. Jedes Stadium seines Wachsens und Gedeihens korrespondiert mit dem inneren Zustand der Protagonisten. Die Anlage von Lauben spielt auf die romantische Idee der Liebeslaube an, die hier jedoch zum Treffpunkt mit ambivalenten Intentionen gefriert. Wer sich in dieser Laube einem Gespräch hingibt, muss bei jedem Wort auf der Hut sein. Die metaphorische Bedeutung des Gartens und seiner Blumenpracht darf in keinem Moment unterschätzt werden. Jeden Tag einen Arm voll Blumen für die Damen, das grenzt an Überwältigung, das weckt Erstickungsfantasien. Wie soll die Jüngere eine solche Wucht der Zuwendung anders auffassen denn als Werbung. Er macht ihr den Hof, unverkennbar, und gibt doch vor, genau das nicht zu wollen. Als er aber, um für Undank zu bestrafen, seine überbordenden Lieferungen von Blumensträußen einstellt, straft er sich selbst. Er muss erkennen, wie noch manch anderes Mal, dass es auch ohne ihn geht. Uneingeladen betritt Miss Tina den Garten aus eigenem Entschluss und nimmt damit etwas in Besitz, was ihr gehört, der Erzähler jedoch als seinen Herrschaftsbereich betrachtet hatte. Das mutet wie eine Versuchshandlung an, eine Machtprobe. Am Garten erprobt Miss Tina ihre Eigenständigkeit. In dem Augenblick darf man für sie hoffen.

Der Erzähler widerum erprobt seine Macht an der Art seines Erzählens. An seinem Umgang mit der Zeit. Seitens des Autors kann man James bescheinigen, dass er den kunstvollen Umgang mit dem Tempus unvergleichlich beherrscht. Auf raffinierte Weise wird das Kontinuum der erzählten Zeit aufgebrochen durch ein ständiges Springen der Zeitperspektive. Der Erzähler wechselt vom Nacherzählen zum Berichten, vom Vorgreifen zur Rückblende und zur Rückkehr in die Erzählzeit, so dass ein zeitliches Flirren und damit ein besonders intensives Empfinden von Jetztzeit entsteht, fast ein Gefühl von Stillstand im Hier und Jetzt. Das ist die Einheit der Zeit. Sie ist wie ein großes Erwarten, in dem der Leser genau so unwissend ist wie der Erzähler und ihm seine zunehmende Ratlosigkeit glaubt, wenn der sich auch in seiner stets kommentierenden Wahrnehmung gern als der sähe, der die Fäden in der Hand hält. Ein Puppenspieler. Wir aber sehen die Fäden deutlicher, an denen er selbst als Marionette hängt.

Einheit der Zeit bedeutet auch: Die Venezianer verlassen, wie jeden Sommer, die Stadt, überlassen sie den Fremden, nicht nur denen mit dem Baedeker in der Hand. Der Autor schickt die Mitinitiatorin des Übels, die für den Anschub des Dramas gesorgt hat, in die Sommerfrische und entledigt sich dadurch einer lästigen vierten Person, die der Verstrickung unliebsame Komponenten hätte hinzufügen können. Durch plausible Abwesenheit kann Mrs. Prest nicht weiter ins

Geschehen eingreifen. Der Schachzug ist dramaturgisch umso geschickter, als der Erzähler mit ihrer freundschaftlichen Zuwendung ebenso unzufrieden wie sie über sein ständiges Nörgeln genervt ist. Man ahnt die leichte Spannung, die zwischen ihnen herrscht, muss sie aber nicht miterleben. So bleibt die Intimität des Kammerspiels gewahrt. Erst im Epilog findet Mrs. Prest noch einmal eine etwas frostige Erwähnung, Beweis für die in Mitleidenschaft gezogene Freundschaft. Und die tiefere Ursache dafür? Weil sie sich als Kronzeugin der Intrige unbeliebt gemacht hat, nach der Devise: Der Überbringer der schlechten Nachricht ist schuld an der schlechten Nachricht.

Im Gegensatz zu Mrs. Prest verlassen wir Leser den Schauplatz Venedig nie, da wir niemanden auf seinen Reisen begleiten, auch den Erzähler nicht, als er ein paar Tage ins Veneto fährt. Nur in der Rückschau erwähnt er, wo überall er gewesen sei, da er aber in seinem verwirrten Zustand nach der Katastrophe die Außenwelt nicht wirklich wahrgenommen hat, weiß er nicht zu berichten, was er gesehen hat. So bleibt die Lagunenstadt das Bühnenbild für alle drei Akte. Vor dieser Kulisse, in einem entlegenen Winkel, steht ein maroder Palazzo am Rande eines Kanals. James entwirft eine Theatersituation: Die Zuschauer im Parkett haben die Bühne vor Augen, von unten schauen sie als Gondelpassagiere aufs Ufer hinauf und sehen auf den Pfaden und Brücken Beine laufen, dort bewegt sich eine amorphe Menschenmasse vor den Fassaden mit dem bröckelnden Putz und der abblätternden Farbe. Dieses Bühnenbild ist von Canaletto gemalt, der auch für die

Lichtdramaturgie sorgt. Er legt das Licht der Nachmittags- und Abendsonne über die Stadt, das noch aus dem verfallendsten Palazzo ein Schmuckstück macht. Venedig wird nicht als reale Stadt lebendig, es bleibt eine kühle Kulisse in einem eiskalten Spiel. An einer einzigen Stelle darf Venedig leuchten, als der Erzähler Miss Tina zum Markusplatz ausführt. Für den Leser gerät die Gondelfahrt jedoch nicht zur Sightseeing-Tour, denn was er ihr zeigt, verrät er nur ihr. Wie eine Weltreise mutet das Dahingleiten durch die Kanäle an, so groß wird für Miss Tina der Abstand von der Düsternis des Palazzos, in dem die Alte Lähmung verbreitet, und sie gewinnt zunehmend Leichtigkeit. Es werden die schönsten Hoffnungen geschürt. Sollte der Markusplatz mit dem Café Florian zum romantischen Ort werden? Ausgerechnet der am meisten bevölkerte und entfremdete Platz in Venedig, an dem garantiert kein intimer Moment möglich ist? James hat Vorsorge getroffen. Heerscharen von Touristen leisten ihm Beistand bei der Wahrung des Anstands. Im Text kommt niemals auch nur ein erotisches Flirren auf, als sei die Idee von Erotik noch nicht oder nicht mehr in dieser Welt.

Also bleibt Venedig auch hier Kulisse. An keiner Stelle wird eine Topographie der Stadt so vor Augen geführt, dass man einen Weg im Geiste nachgehen könnte, selbst der Erzähler verläuft sich. Auch der Lido wird zum Unort, zur Stimmungslandschaft, die den verzweifelten Helden nicht freundlich aufnimmt, sondern nur auf einer unwirtlichen Oberfläche herumwandeln lässt. Vom Lido hätten wir eigentlich eine idyllischere Vorstellung gehabt.

Vorläufiges Fazit dieser Betrachtungen: James hat eine literarische Technik von höchster Kunstfertigkeit entwickelt, die man indirekt nennen muss. Metaphern, uneigentliche Rede in Bildern, tragen ebenso zur Indirektheit bei wie die Übertragung der erzählerischen Verantwortung auf den Protagonisten, der uns Lesern das Geschehen stets kommentierend vermittelt, uns etwas vorgaukelt, vielleicht sogar lügt. Wer weiss, ob aus Verschlagenheit, Naivität, Gutmütigkeit oder Hinterhältigkeit, seine Sichtweise korrespondiert nicht immer mit der des Lesers. Doch im Augenblick seiner Lüge wird er meist schon vom Fortgang des Geschehens überrollt und muss sich korrigieren, was er mit den überraschenden Reaktionen seiner Kontrahentinnen begründet. Zum Amüsement des Lesers stellt er seine Fragen mit bestimmten Erwartungen, die fast immer enttäuscht werden, legt er seine Fährten für bestimmte Begegnungen, die dann gerade nicht stattfinden. Sein Raffinement wendet sich unvermittelt gegen seinen eigenen Plan. Ob die Damen nicht doch den besseren Plan haben? Immer tritt er Miss Tina ein wenig zu nahe, macht ihr beinahe den Hof, und kommentiert gleichzeitig, dass seine Avancen nicht als solche missverstanden werden dürfen. Er unterstellt der alten Dame, sie rede immer vom Geld, tatsächlich ist er es, der das Geldthema immer wieder aufgreift, denn er ist es, der sich zunächst als Held mit unbegrenzten Geldmitteln aufspielt und dann verzweifelte Rückzieher machen muss, weil in seiner Kasse längst Ebbe herrscht. Ein Ich-Erzähler, der sich in der permanenten Selbstwiderlegung der allmählichen Selbstenthüllung preisgibt. Ein

Spekulierender, ein in seinen Erlebnissen und Erfahrungen Herumirrender, ein Antiheld. Direktheit und Indirektheit im stetigen Wechsel erzeugen beim Leser ein Gefühl des Schwindels im doppelten Sinne: Er verliert die Bodenhaftung im Text, schwankt, weiß nicht mehr, was er glauben darf, und begibt sich zur eigenen Rettung auf eine andere Ebene, die metaphorische. In der Metaphorik sucht er die Wahrheit. Das macht den kurzen Text so lang.

Während einerseits die Bilder als Metaphern sprechender und reicher werden, Bedeutungsvielfalt gewinnen, werden uns auf anderen Ebenen der Erzählung, auch dies Indirektheit des Stils, bestimmte Bilder vorenthalten oder unvollständig übermittelt. Camouflage und Fragmentierung der äußeren Erscheinung der Figuren. Die steinalte Miss Bordereau, so eindrücklich in ihrer Hinfälligkeit beschrieben, trägt immer einen Augenschirm, so dass weder der Leser noch der Erzähler sie jemals zu Gesicht bekommen – bis auf jenen einen unerhörten Augenblick. Und dieser Blick Aug' in Auge ist ganz auf ihre ehemals so unvergleichlich schönen Augen fokussiert, eine Offenbarung von Schönheit im Augenblick der schmachvollsten Niederlage. Ansonsten hören wir von einem unter dem Schirm zu erahnenden Verfall der Haut, einer Kraterlandschaft. Nun, wir sprechen von einer Hundertjährigen.

Und die Nichte? Sie ist zwar jünger, aber nicht jung. Als ginge sie unter einem Schleier, den sie sorgsam hütet, wird für Altersvermutungen keine Gelegenheit gegeben. In ihrem Spektrum von Verhaltensweisen hat sie die romantischen Sehnsüchte eines jungen Mädchens ebenso parat wie die altjüngferliche Resignation und die Melancholie der Frau mit den für immer verpassten Gelegenheiten. Sie könnte ebenso gut eine ältliche Zwanzigerin sein wie eine Frau in den besten Jahren, der das Beste irgendwie abhanden gekommen ist. Sie ist nicht hässlich, aber auch nicht hübsch. Auf ihre Kleidung wird nie das Augenmerk gelenkt, der Erzähler nimmt sie nicht wahr. Erst als sie Trauerkleider trägt, fällt ihm auf, dass diese sich nicht von ihrer bisherigen Garderobe unterscheiden. Boshafter könnte er ihre Unscheinbarkeit nicht schildern. Wir würden Miss Tina so gerne lieben, doch das einzige, was wir von ihr wissen, ist, sie sei besonders hochgewachsen. Nichts weiter, was Begehrlichkeiten wecken könnte.

So stellt es der Erzähler dar. Seine geradezu unterirdische, vielleicht im Unbewussten schlummernde, erotische Ambivalenz ihr gegenüber lässt vermuten, dass sie der jüngeren Kategorie der »alten Jungfer« angehört, denn er selbst muss noch recht jung sein, das darf man nach seinem Sturm-und-Drang-Gebaren, der anbetungsvollen Verehrung für den Dichter wie seiner naiven Skrupellosigkeit, vermuten, aber auch von seiner äußeren Erscheinung zeichnet James uns kein Bild. Sein Hochmut macht ihn weder schön noch jung, bewirkt aber auch nicht das Gegenteil. Da am Ende Miss Tina dem gefallenen Helden einen Antrag macht, müsste eine Alterskongruenz zwischen den beiden bestehen, denn zu jener Zeit ist eine Liaison zwischen einer älteren Frau und einem jüngeren Mann nicht nur eine Mesalliance, sondern eine Undenkbarkeit. Vielleicht aber wollte James mit dem Motiv der emanzipierten Frau kokettieren, für die er eine gebrochene Sympathie hegte. Oder wollte er doch, dass der Leser das Heiratsangebot als Groteske erlebt? Ein Geheimnis, das James mit ins Grab genommen hat.

Auch ein Bild von Mrs. Prest enthält er uns vor. Als habe sie sich als Handlangerin in der Intrige den Status einer vollkörperlichen Anwesenheit noch nicht verdient. Der Erscheinung des Hausmädchens hingegen, das für die dramatische Entwicklung unwesentlich ist, wird etwas mehr Sorgfalt gewidmet, drall, rothaarig und energisch, wie sie ist. In der Malerei nennt man es Figur-Grund-Austausch, wenn Figur und Hintergrund mal vor-, mal zurücktreten. So kippen hier Haupt- und Nebenfiguren in ihrer Sichtbarkeit. Der Auftritt des Dienstmädchens erinnert an den Bühnenauftritt einer großen Schauspielerin in einer sehr kleinen Nebenrolle, die ihre ganze Kunst in diesen kurzen Augenblick ihres Erscheinens legt, um die Momentaufnahme zu einem starken, einem unvergesslichen Ereignis zu machen. Was ihre körperliche Präsenz betrifft, fühlt man sich erstaunlicher Weise am Ende mit Hausmädchen und Diener ebenso vertraut (oder unvertraut) wie mit den übrigen Personen.

Spät erst begreift man, dass es in dieser Erzählung nur einen gibt, der einer bildlichen Beschreibung würdig ist, einen jungen Mann mit einem bemerkenswert schönen Gesicht in einem grünen Mantel mit hohem Kragen und einer lederbraunen Weste, etwa fünfundzwanzig Jahre alt, nämlich Jeffrey Aspern. Und der ist lange tot, Buchstabenexistenz, Gemälde, Sehnsuchtsfigur. Das Flirten mit diesem Untoten ist Höhepunkt des homoerotischen Versteckspiels.

Darin haben die Frauen keine Chance mitzuspielen. Was stellt Henry James, dem man nachsagt, Zeichner subtiler, psychologisch einfühlsamer, verständnisinniger Frauenporträts zu sein, in dieser Erzählung mit den vier weiblichen Charakteren an? Als erotische Geschöpfe lässt er sie am ausgestreckten Arm verhungern. Es sind alles Mutterfiguren unterschiedlicher Prägung, von matriarchalisch-herrschsüchtig über freundschaftlich-bestimmend bis zu hingebungsvoll-aufopfernd und resolut-dienend. Der Erzähler allen gegenüber in Sohneshaltung, stets zwiegespalten in Zuwendung und Abwehr. Da muss er eine ihm angesonnene konventionelle Mannesrolle verfehlen. So wie Miss Tina das Hauptziel eines Frauenlebens verfehlt hat. Oder warum nennt er sie sonst stets die arme Miss Tina? Weil James eben doch einem Frauenideal anhängt, das einer Heiratsordnung unterworfen ist. Sonst würde er sie nicht »spinster« nennen, alte Jungfer, so mitleidgesättigt. Und zwei, die ihre Rollen im Leben so sehr verfehlt haben, sollten sich tunlichst nicht zusammentun. Da hat James mit seiner Pointe Recht.

Aber ganz so bemitleidenswert ist Miss Tina nicht. Sie ist eine Frau mit Geheimnis, mit verborgenen Abgründen. In einer ironischen Volte gegen den stets überheblichen Erzähler erfahren wir, dass sie vor ihrer Zeit in Venedig etliche Jahre in Florenz gelebt habe. Also doch eine Frau mit Vergangenheit. Und wir erleben, dass sie Italienisch mit venezianischem Dialekt spricht. Wo hat sie sich herumgetrieben, bevor sie beschloss, das Haus nicht mehr zu verlassen? Es sind die Unterstellungen des Erzählers, die aus ihr eine andere machen, als der Verlauf der Geschichte es erweist. Er unterstellt ihr Schlichtheit des Gemüts und Weltfremdheit, dienende Abhängigkeit und Unselbständigkeit bei gleichzeitiger Unreflektiertheit. Ihre Handlungen zeugen vom Gegenteil. Des Erzählers Unbewusstheit im Handeln und Reden, die sich seiner Besessenheit verdankt, wird ihm zum Verhängnis werden, denn die Andere, die er für so naiv hält, hat den höheren Bewusstheitsgrad. Ja, das Imperium schlägt zurück, der Hochmut des Mannes erfährt schwere Dämpfer, alles ereignet sich so, wie er es nicht erwartet hat. Nicht einmal die alte Frau bleibt ihrem Entwurf als Hexe treu. Sie bäumt sich noch einmal zu einem übermenschlichen Kraftakt auf und stirbt nicht. Nicht, als alle Welt es von ihr erwartet: die Nichte, der Leser, der Held. Nein, sie stirbt in seiner und unserer Abwesenheit, während wir ihren Fasttod expressis verbis durchleiden mussten.

Das sind Momente in James' Frauenbild, fast im Verborgenen lauernd, wo er den Frauen in ihrer Stärke seine Hommage erweist. Der Erzähler aber ist so verblendet wie ein Verliebter, nur dass er in seine Obsession verliebt ist, in seinen gottähnlichen Dichter, in seine Rolle als Retter der Kunst. Nicht in das Leben.

Diese Verblendung, diese Bewusstlosigkeit, diese Vertauschung von Leben und Kunst nimmt tatsächlich ein ganzes Kapitel ein, das länger ist als der reale Text. Eine überstürzte Abreise, nachdem der Held sich um Kopf und Kragen gebracht hat, auf jeden Fall um den Kopf. Er sei in Bassano und Treviso gewesen, sagt er, über den Aufenthalt verrät er nichts. Auch nach Castelfranco sei er gefahren, lässt er verlauten, um Giorgione zu sehen. Was er aber sah, weiss er nicht mehr, da er ja kopflos war. Hier sind wir aufgerufen, das Gesehene nachzutragen, denn man darf davon ausgehen, dass der kunstsinnige und gebildete Henry James nichts ohne Plan und Hintersinn tut. Ein weiteres Geheimnis wird der Erzählung hinzugefügt, denn gerade Giorgione, der 1478 in Castelfranco geboren wurde, dort lange lebte und mehrere Werke für den Ort schuf, gehört zu den großen Künstlern des Quattrocento, von denen wir fast nichts wissen, dem die meisten seiner Werke zugeschrieben aber nicht gesichert sind, und die gesicherten Werke, zum Beispiel das in Venedig befindliche *Gewitter*, können wir nicht recht deuten. In diesem Punkt ist eine Vergleichbarkeit mit Aspern gegeben: ein Künstler, von dem wir so gut wie nichts wissen, der aber als einer der größten aller Zeiten bezeichnet wird, mit Shakespeare soll er es aufnehmen, und von dem wir kein einziges Werk kennenlernen, wie von Giorgione kein einziges Werk genannt wird. Der Protagonist fährt dorthin und erfährt nichts. So wie er zu Juliana Bordereau fährt und nichts von ihr erfährt, weil sie ihre Geheimnisse für sich behalten will. James delegiert es an uns, dem Erzähler im Nachhinein mitzuteilen, was er dort gesehen haben könnte. Vielleicht hilft ihm das auf die Sprünge: Eines hat sich über den Künstler Giorgione ins kollektive Gedächtnis eingeschrieben, dass er die Einheit von Mensch und Kosmos noch nicht in Frage stellte und seine Kunst aus jeder Zeitbezogenheit herausgehoben ist. Also ewig? Vielleicht ist es der Ewigkeitsgedanke der Kunst, der James hier bewegt hat, setzt man dies in Gegensatz zu jener anderen Äußerung in der Erzählung, in der er die Missachtung der Künstler in Amerika anprangert: Er legt Aspern jene Enttäuschung in den Mund, die sicherlich seine eigene gewesen ist, über die in seinem Heimatland, seinem wie Asperns, erfahrene Zurückweisung. Die Enttäuschung über mangelnde Anerkennung in seiner Heimat, die er als nackt, roh und provinziell bezeichnet, von der er sagt, dass die Literatur dort auf verlorenem Posten stände und Kunst und Gestaltung fast unmöglich wären. Was also könnte für den von seiner Untat verstörten Mann, den Erzähler, und für den Dichter in Castelfranco von Interesse sein? Zum einen gibt es dort einen herrlichen Fries der Artes Liberales in der Casa Marta-Pellizzari, der zu James' Lebzeiten noch Giorgione zugeschrieben worden war. Dargestellt sind die sieben freien Künste, und in dieser allegorischen Darstellung der Kunst schlechthin muss man einen Selbstbezug der Hauptfigur wie auch des Autors sehen. Ebenso bildstark ist aber die Madonna mit Heiligen im Dom von Castelfranco, mit der Giorgione für James eine andere Allusion geschaffen hat: Die hoch oben auf einer Empore über einer Landschaft thronende Maria verkörpert hier die der Welt entrückte, erhabene, der göttlichen Sphäre angehörende Frau, eine Unerreichbare, Unberührbare – eine Frauengestalt, wie sie James' Frauenbild in seiner Erzählung gleichkommt. Bezeichnenderweise befindet sich in Venedig eine weibliche Gestalt Giorgiones, ein Fresko, das so stark verwittert und abgeblättert ist, dass die außerordentliche Schönheit der Aktfigur nicht mehr zu erkennen ist, nur noch aufgrund einer Kopie zu ahnen. Warum sollte James seinen Helden ausgerechnet zu

Giorgione schicken, wenn er nicht um diese Werke wüsste, nicht eine Intention dahinter stünde, der man nachsinnen soll, ein Geheimnis, dem man auf den Grund gehen muss? Das unaufgelöste Geheimnis ist ja Leitmotiv dieser Erzählung.

Soll heißen, jedem Hinweis muss nachgegangen werden. Es gibt ein weiteres Kunstwerk, sogar zwei, mit tiefergehender Bedeutung für die Erzählung, und dieses betrachtet der Erzähler mit wachem Blick und im Vollbesitz seines Hochmuts, er erwartet sogar Antwort von ihm. Es ist Andrea del Verrocchios (um 1435 – 1488) Reiterstandbild des für Venedig erfolgreichen Heerführers Bartolommeo Colleoni – das erste für die freie Aufstellung auf einem Platz allansichtig konzipierte Standbild der Renaissance, das 1495 vor der Kirche Santi Giovanni e Paolo aufgestellt wurde. Es wird in Beziehung gesetzt zu dem altrömischen Standbild des Marc Aurel vor dem Kapitol in Rom, dem einzigen vollständig erhaltenen Reiterstandbild der Antike, das den von der stoischen Philosophie geprägten römischen Kaiser (121 – 180) zu Pferde zeigt. Diese Werke erwähnt James, der ansonsten in seinem komprimierten Erzählstil mit jedem Wort geizt, sicherlich nicht ohne Hintersinn. Beide Standbilder haben Bezug zum Erzähler und seinem listenreichen Spiel, darum sucht er bei ihnen, dem Feldherrn und dem Stoiker, Rat für sein eigenes Vorgehen. Aber er will nichts von ihrer Weisheit hören, sondern Einweihung in ihre Listen. Dies ist eine absurde Überhöhung seiner Selbsteinschätzung, seiner Selbstverkennung, zu meinen, er habe alle strategischen Fäden in der Hand und müsse nur noch am richtigen ziehen. Die Bezugsetzung zu seinem eigenen Handeln hat etwas Vermessenes. Auf ein solches Podest will auch er, wenn er seine einzigartige Beute ergattert hat. Die literarische Welt wird ihm ein solches Denkmal errichten, wenn er die Trophäe seines Idols erst gerettet hat. Und wieder wird das Leitmotiv wirksam: Der Held holt sich nicht Rat bei einem menschlichen Freund (die einzige Freundin hat sich aus dem Staub gemacht), sondern nimmt Zwiesprache mit einer Statue. Nicht mit irgendeiner von irgendwem. Nein, mit dem grandiosen Standbild des Verrocchio, des Lehrers von Leonardo da Vinci, das gegenüber der Scuola di San Marco steht. Da wird er wohl auch ihn in die Lehre nehmen können. Aber das Standbild bleibt stumm wie verstockt. Wieder muss die Kunst das Leben ersetzen.

Nachbemerkung

The Aspern Papers erschien 1888 in Fortsetzungen in der Zeitschrift ›Atlantic Monthly‹ von März bis Mai. Zwischen 1906 und 1910 revidierte James seine Romane und Erzählungen für die zwischen 1907 und 1918 erschienene New Yorker Gesamtausgabe in 26 Bänden. So auch diese Erzählung, wobei er neben vielen sprachlichen »Anspitzungen« den Namen von Miss Tita in Tina umwandelte. Meine Übersetzung folgt der letzten Fassung.

Cover, Art-Direction und Ausstattung
Werner Schauer

Satz und Produktion
triptychon agentur für design und kulturkommunikation gmbh
Baaderstraße 19, 80469 München

www.triptychon.biz

Gesetzt aus der
Van Dijck

Druck und Bindung
Kösel GmbH & Co. KG, Kempten

Printed in Germany

Zweite veränderte und verbesserte Auflage
Viertes bis fünftes Tausend